Aulis Antamaa

Kaksi kohtaloa

Kustantaja: BoD – Books on Demand, Helsinki, Suomi

Valmistaja: BoD – Books on Demand – Norderstedt, Saksa

ISBN: 978-952-80-5003-2

Onnenonkija

Sanotaan, että onni ei tule etsimällä. Kuinka monta kertaa on valmis lyömään päätään seinään? Riippuu päästä ja seinästä.

Jari seisoo luokkakuvassa Timon vieressä. Sillä on ruskeat silmät ja naapurinpoikamaiset tummat lyhyet hiukset. Hymy on valloittava. Mustavalkoraidallisesta neuleesta syntyy kodikkaan turvallinen vaikutelma. Aina Jarin nähdessään Timo tuntee läikähdyksen rinnassaan. Jarin lähellä on hyvä olla. Välitunneilla se leikkii Esan kanssa. Yleensä mukana on myös Jarin kanssa samassa talossa asuvia poikia kolmannelta luokalta. Muutaman kerran Timokin on otettu mukaan hippasille.

Timo kävelee talolle, jossa tietää Jarin asuvan. Siellä se on pihalla, mutta paikalla on myös sen äänekkäitä kavereita.

"On se vaan ihana!" Timo huokaisee kääntyessään kotiin päin.

Tuvan ovi aukeaa äänekkäästi keskellä yötä. Sisään tunkee kotiutumassa olevan vanhemman joukkueen Mikkola. Känninen viestimies huutaa ja potkii kaikki hereille punkka kerrallaan. Timon kohdalla hän pysähtyy: "Ai kato homo-Koskinen! Tahdotko persettä!"

Timo on pyrkinyt olemaan neutraali ja näkymätön. Niin intissä pääsee helpommalla, välttyy huomiolta, eikä nakki napsahda. Hän ei ole joutunut edes vanhemman joukkueen paljutettavaksi, koska viereisen tuvan kaakattava Savela jättää muut varjoonsa. Kotiutuvan Mikkolan nimittely yllättää Timon. Onkohan vanhemman joukkueen kirjuri vuotanut palikkatestin tuloksia? Testin yhdessä kohdassa oli tiedusteltu suhtautumista vastakkaiseen sukupuoleen. Naurettavasti muotoillun kysymyksen tarkoituksena oli kautta rantain udella homoseksuaalisista taipumuksista.

Radioviestittäjän ykkösvaiheen kokeessa epäonnistuneet jäävät sisätiloihin harjoittelemaan ja suorittamaan peruspalvelusta. Kokeen läpäisseet lähtevät kolmeksi viikoksi Rovajärvelle, jossa tehtäviin kuuluu vartiointia ja telttapohjien kaivuuta reserviläisille 30 asteen pakkasessa. Varsinainen palkinto nopeasta oppimisesta! Viimeistään tämän jälkeen Timo oppii, että kannattaa olla mahdollisimman keskinkertainen, jos tahtoo päästä vähällä.

Rovajärven keikan tuliaisena Timo sairastuu kurkunpäätulehdukseen ja joutuu Riihimäellä varuskuntasairaalaan. Kivuliaan, mutta joutilaan jakson hyvä puoli on siinä, että hän välttyy sissileiriltä ja saa jäädä toipumaan lähes tyhjään tupaan. Seurana on vain keuhkoputkentulehduksesta toipuva Kinnunen, jonka kanssa Timo tulee hyvin juttuun.

Kinnunen on tuvan komein poika, yksi niistä sosiaalisista, jotka ovat aina painimassa ja mittelemässä voimiaan muiden kanssa. Nuoressa miehessä on myös herkkyyttä: Hän lukee paljon ja on lainannut Timoltakin Bulgakovin Teatteriromaanin. Tupakaverukset ovat käyneet yhdessä muutaman kerran minigolfaamassa, mutta sotkussa Kinnunen lyöttäytyy yleensä muiden äänekkäiden seuraan. Timolla on tapana vaivihkaa seurata, kuinka Kinnunen suorittaa iltatoimiaan vastapäisen punkkansa liepeillä.

Yöllä Timo havahtuu kuiskaukseen: "Tuu tänne!"

Timoa ujostuttaa nousta kesken unien, mutta ehkä seisokkia ei huomaa hämärässä. Kinnunen viittoo luoksensa ja pussaa varoittamatta. Ensin jäntevän tupakaverin läheisyys hermostuttaa, sitten runkkupuvun housut lentävät lattialle. Timo tuntee toisen touhutippojen kostuttaman jökötyksen vatsaansa vasten. Käsitöiden jälkeen iskee tyhjyys.

"Se siitä, mullon tyttöystävä."

Bottan Club Trianglen pikkujouluissa esiintyy Tomas Ek. Timo saapuu paikalle suoraan Jäähallista Nina Hagenin konsertista. Ek esiintyy takaosan baarissa. Kolmen lonkeron jälkeen Timo pyytää Nuoruus-biisiä uudestaan. Hän kuuntelee esityksen baarin lattialla polvillaan.

Myöhemmin illalla Timo huomaa tanssilattian viereisessä pöydässä humanistin oloisen miehen pyöreine rilleineen. Rauhallinen olemus henkii turvallisuutta. Mies reagoi huvittuneesti Timon ilmestyessä juttelemaan.

"Keskenkasvuisten läppäkäpälien kanssa ei seuraa kuin sekoilua."

Uteliaisuuttaan mies ottaa kuitenkin Timon mukaansa. Majavatien keittiössä Kimmoksi itsensä esitellyt kaveri paljastuu varsinaiseksi pitkän illan istujaksi. Itsekäärittyjä sätkiä, jälkiuunileipää ja HK:n sinistä. Palan painikkeeksi Magyaria sinappilaseista. Stereoissa soi Bessie Smith, Billie Holiday ja Marlene Dietrich. Timo ei ole aiemmin tavannut aikuista miestä, jonka kanssa voi keskustela muustakin kuin autoista ja urheilusta. Kimmon lempeän lakoninen suhtautuminen elämään lämmittää mieltä.

Sängyssä mistään ei ole tulla mitään. Kimmo tuoksahtaa tupakalta ja kuivalta valkoviiniltä. Uusi outo tilanne saa Timon tärisemään.

Eroottisesti suhde ei toimi, mutta Timon ja Kimmon ystävyys kestää. Joskus kierrellään moottoripyörällä pitkin Uudenmaan kaatopaikkoja, välillä istuskellaan Wanhan Kellarissa tai Gambrinissa, toisinaan jonkin huoltoaseman baarissa tai rähjäisessä kahvilassa.

Timo soittaa Pariisista äidilleen kertoakseen, että Interrail on kääntynyt jo kohti kotimaata. Hän saa samalla kuulla päässeensä yhteishaussa kaikkiin viiteen yliopistoon. Elokuu on jo alkanut, joten tulee kiire järjestellä asioita.

Kätevän junamatkan vuoksi Timo valitsee opiskelupaikaksi Tampereen. Viime tingassa jätetty asuntohakemus TOASille tarkoittaa, että on tyydyttävä jämäpaikkoihin. Peltolammin talo on rakennettu 60-luvun alussa. Soluhuoneista aina kaksi on varustettu yhteisellä eteisellä, jossa sijaitsevat myös pesualtaat. Omaa huonetta ei saa lukittua, koska viereisellä huoneella on käytössä samat palotikkaat. Koko kerroksella on yhteinen keittiö ja jääkaappi. Vessat ja suihkut sijaitsevat rappukäytävän molemmissa päissä. Talon ilma on ummehtunutta ja Timo herää öisin yskänpuuskiin. Muuten kaikki on ihan hyvin.

Kaksi läheisintä ystävää aloittaa opinnot Helsingissä Timon muuttaessa Tampereelle. Yhteydenpito on vaivalloista. Talon alakerrassa on sentään kolikkoautomaatilla toimiva puhelin.

Timo on kesällä tutustunut Gambrinissa keski-ikäiseen Pispalassa asuvaan Marttiin. Hän oli hakenut miestä tanssimaan luultuaan tätä Hannu Väisäseksi. Pian Tampereelle asetuttuaan Timo viettää yön Pispalassa, mutta asiat eivät oikein suju, koska Martti makaa sängyssä passiivisena toisen aloitetta odottaen. Kokemattomalle Timolle tämä on uutta.

Pari viikkoa myöhemmin Timo jää kuitenkin viikonlopuksi Tampereelle ja lähtee Martin seuraksi Setan bileisiin, koska on kiinnostunut näkemään uusia kasvoja. Kerhoklubimaisessa tilassa on sympaattisen yhteisöllinen tunnelma. Pohjiksi juotu imelä Apricot Brandy lämmittää mukavasti. Muuten melko rauhallisen illan kruunaa jo kielitieteen laitoksen käytävälläkin vilahtanut vaalea poika, joka käy Timon pöydässä kääntymässä ja jättää käyntikorttinsa: "Piipahda joskus kylään, jos kiinnostaa!"

Opiskelupäivien jälkeen on tylsää palata Peltolammin ankeaan soluun. Samalla laitoksella opiskelevasta Marjasta on onneksi seuraa. Molempia kiinnostaa kirjallisuus, joten he osallistuvat Luovan kirjoittamisen kurssille ja Kirjallisuuden teorian luennoille. Myös leffassa tulee käytyä, ja juuri avatussa Suomen ensimmäisessä McDonald'sissa!

Martin löydettyä itselleen sopivampaa seuraa, Timo menee ja soittaa vaalean opiskelijapojan ovikelloa. Kyläilyistä tulee säännöllisiä. Pekan Satakunnankadulla sijaitsevassa kodikkaassa yksiössä pimenevät illat kuluvat mukavasti. Teetä lipitetään kannukaupalla, kuunnellaan musiikkia ja parannetaan maailmaa. Yhteisiä puheenaiheita riittää. Timo raportoi kokemuksistaan Helsingin yöelämästä ja pähkäilee, asettuako Tampereelle vai hakeako uudestaan Helsinkiin.

Timo ja Pekka puhuvat usein toisensa pyörryksiin ja kiertävät toisiaan kuin kissa kuumaa puuroa. Tapaamisten yllä leijuu platoninen ihastus, joka ei konkretisoidu, koska kumpikaan ei saa tehtyä aloitetta. Pikkujouluaikaan he lähtevät yhdessä Setan bileisiin. Ilta on vauhdikas. *High Energy*, *Self Control* ja muut jumputukset kaikuvat kaiuttimista. Pekka pyytää Timon luoksensa yöksi, mutta juuri mitään ei tapahdu. Timo yrittää vähän halailla ja pussailla, mutta kumpikaan ei ota aktiivista roolia. Koko syksyn aikana kasautuneet odotukset eivät täyty. Aamulla asunnosta poistuu yksi hämmentynyt toisen hämmentyneen luota.

Vuodenvaihteen jälkeen Timo piipahtaa yllätysvierailulle. Oven avaava Pekka kutsuu sisään, mutta teekupin ääressä istuu nuori poika.

"Sami on abiturientti. Kerrataan tässä vähän saksaa kevään kirjoituksia varten."

Timo ei viivy kauan, sillä hän tuntee itsensä kolmanneksi pyöräksi.

Seuraavalla reissulla Helsingissä Timo käy Iso-Roballa sijaitsevassa kampaamoalan oppilaitoksessa. Hiukset leikataan ananasmalliin ja värjätään violeteiksi. Myöhemmin kielitieteen laitoksella Timo törmää Pekkaan.

"Sait sitte uuden pään!"

Weather Girlsin *It's Raining Men* -hitin alkutahtien kajahtaessa Timo rohkaisee mielensä ja hakee enkelikiharaista poikaa tanssimaan. Katseita on vaihdettu jo muutaman kerran, mutta naisseuralaisen eleet ovat vaikuttaneet jäätävän torjuvilta. Gambrinista lähdetään jatkoille naisen seuratessa sitkeästi mukana. Tunnelma Koskelan sairaala-asunnossa on tympeän jahkaileva. Lopulta nainen ymmärtää, että yösijaa ei ole tarjolla ja jättää Timo ja Janin kaksin. Kemiat toimivat, aamulla kummallakaan ei ole kiire minnekään. Raukean sunnuntain kallistuessa iltaan Timon on kuitenkin suunnattava kohti Tamperetta, jossa kevään viimeiset tentit odottavat.

Timo pänttää solukämpässä latinaa. Ei enää montaa tenttiä, niin lukuvuosi on paketissa ja voi palata kesäksi Helsinkiin. Lukeminen keskeytyy ovisummerin pärähdykseen. Rappukäytävässä seisoo Jani kukkakimpun kanssa. Hän on saanut kevään viimeisen hoitotieteen tenttinsä suoritettua, ottanut junan Helsingistä Tampereelle ja taksin asemalta Peltolammille. Patjapainin jälkeen pojat lähtevät pizzalle Koskipuiston rannalle. On huhtikuun ilta, kevät alkaa olla parhaimmillaan. Aamulla Timo saattaa

Janin asemalle ennen kuin jatkaa Pyynikille tenttiin.

Vielä muutama viikko aiemmin Timo on kuvitellut, että joutuu kesäksi palaamaan äidin helmoihin. Suunnitelmat muuttuvat Janin ilmestyttyä kuvioihin. Toukokuun lopussa on aika irtisanoa TOASin vuokrasopimus, pakata matkalaukku ja suunnata kohti pääkaupunkia. Timo kiertää pitkän mutkan koukatessaan Soukan kautta. Hän nappaa mukaansa LP-levyjä, valokuvakansion ja kasan vaatteita. Välit äitiin eivät ole parhaat mahdolliset. Niinpä hän kiirehtii pois ennen kuin tämä palaa töistä. Soukantiellä Timon bussi saapuu pysäkille samaan aikaan, kun tien toisella puolella äiti jää pois kyydistä. Timo vastaa huutoon heilauttamalla kättään ja nousee autoon, joka vie hänet lopullisesti pois lapsuuden kodista.

Jani ja Timo muuttavat Flemarille ravintola Cellaa vastapäätä. Ikkunasta on illoin hauska seurata kadulla kulkevaa monenkirjavaa seurakuntaa. Kaisaniemen Club Cabaret'hen on kätevä kävelymatka, samoin siskon ja isovanhempien luo Krunikkaan. Pojat paiskivat kesätöitä. Timo siivoaa ja Jani on sairaala-apulaisena. Kevään opintolainan tähteillä ja kesäansioilla on tarkoitus lähteä Interrailille.

Matkalaiset ennättävät Tukholman laivalle vasta klo 17. Sleep In -paikat on jo kaikki varattu, joten yö kuluu lattialla. Seuraavan vuorokauden aikana reissu jatkuu Köpiksen ja Hampurin kautta Amsterdamiin, jossa Varmoesstraatilta löytyy halpa hotelli. Sängyssä on likaiset lakanat, joista pojat huomauttavat kaupungille lähtiessään. Kiemurtelevat kävelykadut ovat shoppailijan paratiisi, hinnat ovat edullisia verrattuna Suomen hintoihin. Waterloon Pleinin kirpputorilla on leppoisaa kierrellä ja aistia tunnelmaa. Lounaan jälkeen piipahdetaan Gay Cinessä ja sitten palataan hotellille päiväunille. Lakanoita ei vieläkään ole vaihdettu.

Illan baarikierros venyy myöhään, nuupahtaneet matkalaiset nukkuvat riisuutumatta likaisissa lakanoissa. Aamulla puolivillainen hotelli tympäisee Timoa. Matka jatkuu suunniteltua nopeammin kohti Nizzaa. Olosuhteisiin suivaantuneet pojat kusevat pitkin hotellihuoneen kokolattiamattoa. Jani kruunaa touhun paskan-

tamalla hotellin käytävällä olevan vessan latti-
alle. Lähtö henkii hervottoman hysteeristä tun-
nelmaa.

Nizzassa viihtyisän hotellin parisängyssä voi vii-
mein huoahtaa ja nauraa tapahtumille. Juna
Amsterdamista Pariisiin oli ollut myöhässä, jo-
ten vaihto Nizzaan ei onnistunut. Varasuunni-
telmaan kuulunut Geneven juna oli jäänyt ko-
konaan tulematta. Yö Pariisissa oli kulunut ase-
man lähistöllä hortoillen, yökahviloissa malek-
sien ja lopulta aseman odotushallissa torkkuen.
Vasta Nizzassa päästään ensimmäistä kertaa
suihkuun. Hampaat oli sentään pesty Tukhol-
man laivassa. Suihku tuntuu erityisen hyvältä,
sillä seksi Pariisista Marseille'hin matkalla ol-
leen junan vessassa oli jättänyt jälkeensä nuh-
juisen olon.

Alun perin oli tarkoitus matkustaa säästäväi-
sesti. Matkakassa sanelisi sen, kuinka paljon
paikkoja ennätettäisiin nähdä. Jani osoittautuu
kuitenkin paljon Timoa tuhlailevammaksi. Ra-
hankäyttö ja matkaväsymyksen aiheuttama ki-
nastelu alkavat nakertaa tunnelmaa. Kun Jani
polttaa itsensä perusteellisesti Nizzan rannalla,

niin huumori alkaa olla koetuksella. Timo kiertelee kaupungilla yksin Janin voivotellessa hotellissa

Paluumatkalla pojat eivät enää yövy Amsterdamissa. He jättävät matkatavarat säilytykseen asemalle lähtiessään kaupungille. Aikaa junan lähtöön on pari tuntia. Timo ostaa muutaman tuliaisen ja itselleen Tom of Finlandin kynäilemän Kake-sarjiksen pornokaupasta, jonka takahuoneessa pyörivä video tempaa Janin mukaansa. Aika kuluu ja junalle alkaa tulla kiire. Hermoja raastavan taivuttelun jälkeen Timo saa Janin jalkeille. Aiemmin kesällä pojat ovat varanneet jouluksi matkan Kanariansaarille. Junassa Timo kertoo peruvansa matkan ensi töikseen, kun päästään Suomeen.

Arki tulee vastaan syksyn opintojen alkaessa. Edellisen lukuvuoden opinnot Tampereella ja pääsykoepänttääminen kesällä siivittävät Timon sisään Helsingin Yliopistoon. Jani jatkaa hoitotieteen opintojaan. Opiskelu pitää kiireisenä, se vie suurimman huomion parisuhteen kohdatessa uusia haasteita. Janin oikut ja valehtelu koettelevat hermoja. Yhteiset uimahallikäynnit loppuvat, kun Timo kyllästyy Janin minuuttikaupalla kestäviin keikistelyihin suihkussa. Eräänä päivänä tämä saapuu kotiin touhukkaana kaivaen esiin Desintan-pullon.

"Nyt pesulle, ja kaikki vaatteet ja lakanat pyykkiin!"

Timon ihmetellessä satiaisten alkuperää Jani näyttelee tyhmää ja arvelee saaneensa ne saunan lauteilta.

Timo ja Jani käyvät sunnuntaisin Club Cabaret'ssa. Poseeraajien näyttäytymispaikassa Jani on kuin kala vedessä, eikä Timokaan jää varjoon tekotaiteellisissa vetimissään. Maanantaiaamujen luennoilla on vaikea pysytellä hereillä. Rokulipäivien muistiinpanot pitää kopioida kavereilta.

Eräänä viikonloppuna on tarkoitus mennä leffaan Jukan kanssa. Jani kuitenkin häipyy omille teilleen ja jättää Timon ja Jukan elokuvateatterin aulaan. Mustasukkaisuuskohtaus ei ole ensimmäinen. Janin on vaikea sulattaa Timoa sellaisena kuin tämä näyttäytyy ystäviensä seurassa. Jani saapuu kotiin vasta seuraavana päivänä. Utelias Timo löytää Janin poplarin taskusta likaiset alushousut. Aika alkaa olla kypsä maiseman vaihtoon. Timo ilmoittautuu HOASin asuntojonoon.

Saadessaan ilmoituksen vapautuvasta soluasunnosta Timo on jo henkisesti irti suhteesta. Muutto Kalliosta Kannelmäkeen tuntuu ankealta, mutta vapauden tunne on huojentava. Ero tapahtuu sovinnollisissa merkeissä. Unohtuneet verhot Timo hakee myöhemmin. Puhuttavaa ei enää ole ja veistä kierretään haavassa eroseksin merkeissä. Kyyninen kaksikko panee eteisen peilin edessä kuin koirat.

999 markan peruutusmatka on halpa. Timo ja Jukka lipittävät tuoppeja odotellessaan puolitoista tuntia myöhässä olevaa lentoa Alicanteen. Koneessa tuuletus saa piilolasit kuivumaan ja silmät punertamaan. Vaivaan auttaa alkoholi, joka vilkastuttaa verenkiertoa ja aineenvaihduntaa. Korvalappustereoissa soi Basian *London Warsaw New York*.

Hotellihuone sijaitsee kymmenennessä kerroksessa. Parveketta ei ole, eikä siitä iloa olisikaan näin korkealla. Ikkunasta aukeava näkymä paljastaa tornitalon toisensa perään. Ehkä eksoottista suomalaisittain katsottuna, mutta turistirysäänhän sitä on kieltämättä saavuttu. Onneksi vanha kaupunki on säilynyt. Siellä sijaitsevat useimmat gaybaarit, ja sen kuppiloiden terasseilla on mukava viettää aikaa ihmisvilinää seuraten.

Ensimmäisen illan baarikierros päätyy Exit-discoon, jonka pimeässä huoneessa Timo kokee espanjalaista vieraanvaraisuutta: Kohtelias nuori mies tarjoaa nenäliinan yhteisen käsityöhetken päätteeksi.

Rannalla varjojen alla on hyvä jatkaa lyhyiksi jääneitä yöunia. Välillä voi vilkuilla ohikulki-joita, kuljeskella pitkin rantaviivaa, haistella merituulta ja kaataa mukiin lisää punkkua.

Myöhäinen lounas vanhan kaupungin terassilla ramaisee ja venyttää iltapäivänokosia. Tokku-raisesta koomasta on hidas tie kohti uutta nou-sua. Perusteellinen suihku auttaa alkuun, sitten kasvonaamion levitys ja sängylle pötkölleen ja-lat seinää vasten. Jääkaapissa on pari litraa Ab-solut Vodkaa ja monta pulloa Pepsi Maxia. "Nyt iso pyörä pyörimään!" Jukka naurahtaa tuke-vaa drinkkiä makustellessaan.

Orpheo's-baarissa kaverukset hajaantuvat omille teilleen. Hetken kierreltyään Timo pu-jahtaa pimeään koppiin herrasmiehen oloisen tyypin perässä. "Bitte herzlichkeit!" mies top-puuttelee suorasukaista kohtelua. Suuhoidon ja käsitöiden lisäksi tulee harjoiteltua hiukan ruostunutta saksaakin.

People'sin pimeässä huoneessa kaksi kaveria käy kiinni kuin sika limppuun. Toinen ottaa pos-keen edessä polvillaan toisen lykkiessä Timoa takaa päin. Tiskille palatessa vastapäätä istuva espanjalainen hymyilee valloittavasti ja siirtyy

juttelemaan esitellen itsensä Antonioksi. Jatko-
paikka löytyisi kuulemma brittiystävän luota.
Mies häipyy hetkeksi ja ilmestyy kohta muka-
naan Peter.

Peterin asunnolle ei ole pitkä matka. Aamu on
jo valjennut, kun kolmikko kulkee läpi vanhan
kaupungin. Timon harmiksi isäntä ei ole kovin
innostunut kolmen kimpasta. Peter antautuu
vain imettäväksi samalla kun Antonio lykkii pa-
tukkaansa pitkän illan uuvuttaman Timon rau-
keaan reikään.

Aika kuluu nopeasti kun on hauskaa, ja moni
baari käy tutuksi: Chaps Bar, Pepperment, Mis-
ter Me, Chaplin, Minerva, Eros, Adonis,
People's, Orpheo's, Anticuario, El David, 42nd
Street, Stage Door. Viimeisenä iltana Jukka ei
jaksaisi enää lähteä baareihin, koska hotelli-
huone pitää jättää aamulla jo yhdeksältä. Timo
ei tahdo haaskata yötä nukkumiseen, vaan tart-
tuu tuttuihin järeisiin aseisiin: tuokio kasvojen
jääpalahierontaa ja päälle tuhti drinkki. Hetken
kuluttua Jukkakin lorauttaa itselleen vodkan
jatkeeksi kuplivan annoksen Pepsiä.

People'ssa Timo jää suustaan kiinni sympaatti-sen espanjalaisen kanssa. Juan on liikkeellä au-tolla ja tarjoaa kyydin hotellille. Kiihkeän puu-hastelun jälkeen olo on raukea. Kello on kuiten-kin vasta kahden paikkeilla, joten pikaisesti hui-taistun vodkan jälkeen Timo pyytää Juanilta kyydin Exitiin.

Exitin tanssilattia on täynnä. Paikalliset tanssi-vat ryhmätanssia Euroviisuista tutun Azúcar Morenon esittämän *Bandidon* tahdissa. Fla-mencomainen liikehdintä on hauskaa katselta-vaa. Tanssijoiden joukossa on valkoiseen kau-luspaitaan pukeutunut poika, joka hengähtää hetken ja häipyy sitten pimeään takahuonee-seen. Timo seuraa perässä. Menee hetki totu-tella pimeään, mutta valkoisen paidan erottaa helposti.

" ¡Hola guapo! Timo kuiskaa.

Suutelusta ei ole tulla tulla loppua, ennen kuin Timo hoitaa pojalta pahimman kiiman pois.

Paco on 18-vuotias. Hän puhuu englantia yhtä vähän kuin Timo espanjaa. Pacon ystävä toimii tulkkina. Tanssilattian viereisessä pöydässä poika tunkee syliin ja pussailemaan. Muutaman drinkin ja tanssilattialla piipahduksen jälkeen Timo ei enää jaksa vastustaa kiusausta.

"Let's go to the toilet!"

Kaikki vessat on varattu. Muutaman minuutin odottelun jälkeen ovi aukeaa ja ulos astuu Jukka seuralaisensa kanssa.

"Nähdään kohta!" Timo huudahtaa Jukalle ja sulkeutuu koppiin Pacon seuratessa perässä.

Kokemattoman pojan pylly ei anna periksi patukalle, mutta sitten tämä sujauttaakin kumin itselleen. Timo pyllistää kädet nojaten vasten kaakeliseinää.

Jukka ja Timo palaavat hotellille seitsemältä. Tunnin unien jälkeen he pakkaavat ripeästi. Paluu arkeen voi alkaa.

Timo seisoo polvet koukussa sängynpäädyssä seinää vasten nojaten. Pakaroiden välissä Jarin kieli kiemurtelee eestaas ja huulet maiskuttelevät äänekkäästi. Edellisenä päivänä pojat ovat illastaneet Leenan ja Irinan luona, minkä jälkeen Leena on puhelimessa kertonut ärsyyntyneensä Jarin maireasta omahyväisyydestä. Myös Irina on sitä mieltä, ettei Jariin voi luottaa. Varoitukset kaikuvat kuuroille korville. Kiusaus on liian suuri kun hormonit hyrräävät.

"Kohta pitää mennä, etten myöhästy teatterista".

"Kyllä sä ennätät, istu nyt vaan sen päälle!"

Timo istahtaa ja ottaa kullin pyllynsä perukoille. Tumputtaminen toisen kalu sisällä kiihottaa niin, että siemenet lentävät seinälle. Kylpyhuoneessa Jari tahtoo vielä hoidella itsensä samalla kun saa Timon kultaisen suihkun päällensä.

Elokuun lopussa illat pimenevät nopeasti. Saunan jälkeen takkatulen ääressä tulee pumpulinen olo. Ennen nukkumista pojat köllöttelevät sängyssä mökkiradiota kuunnellen. Kusihädän yllättäessä Timo ei tahdo ulos pimeään, vaan avaa makuukamarin ikkunan ja lorottaa kyykyssä ikkunalaudalla tasapainoillen.

"Ei vittu tota sun asentoa!" Jari pillastuu kyykkimisestä ja kellistää Timon perusteellisesti.

Kyytien jälkeen paikat ovat hellinä, mutta uni maistuu makeasti.

Timo ja Jari viettävät kostean illan Wanhan Kellarissa Timon ystävän Jukan kanssa. Illan mittaan Jari innostuu flirttailemaan Jukalle. Timo ei ole kovinkaan innostunut siitä, että Jari pyytää Jukan mukaan jatkoille. Kämpillä Jari pistää pornovideon pyörimään ja kaataa lasilliset jaloviinaa. Timo sinnittelee aikansa sohvalla, mutta väsymys voittaa ja hän siirtyy yöpuulle alkoviin. Nukkumisesta ei tule mitään pornovideon huohotusten kaikuessa. Hetken päästä Jukan ja Jarin aukeavien vyönsolkien kilinä karistaa lopunkin unisuuden. Timo nousee vessaan ja äänet taukoavat. Sama kilistely ja vehtaaminen jatkuu taas hetken kuluttua. Timo pukee päällensä ja tilaa taksin kotiin.

"Kiitti vitusti, pitäkää hauskaa!"

Yrjönkadun uimahallin puulämmitteisen saunan oven liepeillä seisoskelee itseään esittelevä tanssitaitelija, jonka ohi Timo nousee lauteille.

"Kato moi!

Timo huomaa istuneensa Tommin viereen. Mies oli tullut tutuksi pari viikkoa aiemmin Bugatissa. Tuolloin Tommi ei ollut lähtenyt mukaan, mutta oli luvannut, että asiaan palataan myöhemmin.

Uimahallissa nautittujen tuoppien jälkeen Timo ja Tommi piipahtavat Blue Boyssa ennen kuin ottavat junan Malmille. Insinöörin asunto on koruton: Valot syttyvät liiketunnistimien avulla, kodin elektroniikkaa löytyy runsaasti, eikä muuhun sisustukseen juurikaan ole panostettu. Bissenä Tommi tykkää katsella heteropornoa.

"Eiks oo kiva, kun samassa pätkässä näkee sekä munat että pimpan!"

Pornovideoiden innostaman puuhastelun jälkeen uni tulee nopeasti.

Aamuyöllä Timo havahtuu vehkeidensä kopelointiin. Sanaakaan sanomatta Tommi tulkitsee seisokin myöntymisen merkiksi. Hän sujauttaa itselleen kumin ja liukkaria. Unensekaisessa antautumisessa on huumaavaa esineellistämisen hurmaa, mutta romantiikan perään tässä osoitteessa on turha haikailla.

Kopista poistuessaan Timo sattuu samaan aikaan käsienpesuun mustapooloisen komistuksen kanssa Wanhan Kellarin vessassa. Katseet kohtaavat peilissä.

"Mitä kaunotar?"

Kysymyksestä huvittunut tyyppi pyytää pöytäänsä ja esittäytyy Pasiksi. Nuoren miehen olemuksesta tulee hiukan mieleen Morrissey. Käy ilmi, että molemmat opiskelevat samassa tiedekunnassa. He eivät kuitenkaan ole aiemmin törmänneet, koska Pasi on vasta äskettäin aloittanut filosofian opintonsa. Ulkoisesti nuorukainen edustaa Timon haavekuvia. Molemmat tilaavat ahkerasti drinkkejä ja pyrkivät tekemään vaikutuksen toisiinsa. Ulkopuolinen saattaisi ajatella, että siinä kaksi besserwisseriä on löytänyt toisensa. Timo asuu lähempänä, joten jatkoille mennään Kallioon.

"Ai sulla on piano!" Pasi huudahtaa olohuoneeseen astuessaan ja avaa kannen.

Chopinin *Fantasia Impromptun* komeat sävelet kaikuvat yössä. Timo kuuntelee hetken, sitten ajatus nukkuvista naapureista alkaa häiritä.

"Hienoa, mutta ei toi oikein nappaa tähän ai-
kaan yöstä."

Kaadettuaan punkkua laseihin Timo laittaa
Kate Bushia soimaan.

"Hei toi on niin klisee et kulttuurihomo kuunte-
lee Kate Bushia!"

"No mitä sä tahtoisit kuunnella?"

"Löytyiskö Diamanda Galásia?" Pasi heittää
haastavasti.

Timo kaivaa *Saint of the Pit* -albumin levylauta-
selle tyytyväisenä siitä, että voi täyttää vaati-
van yövieraansa toiveen. Hetken kuluttua Pasi
nousee ja läimäyttää häntä avokämmenellä
kasvoihin.

"Mistä toi tuli!?"

"Mä en jaksa tota sun itseriittosuutta!" Pasi
huudahtaa tuskastuneena.

Timo kävelee eteiseen, avaa ulko-oven, ja toi-
vottaa Pasille hyvää loppu elämää.

Perjantai-iltaina Bugatti on täynnä. Paikasta toiseen on vaikea liikkua tungoksessa. Eteen puskee kaksi nuorta miestä.

"Mun kaveri tuolla väittää, että sä opiskelet kirjallisuustiedettä?"

Saatuaan myönteisen vastauksen mies esittelee itsensä Juhaniksi. Poikaystävä vieressä vaikuttaa varautuneelta. Timo lähtee pariskunnan mukaan jatkoille Pengerkadulle. Asunto on koruton: vinyylisoitin ja patjat lattioilla, haetun oloista askeettisuutta. Juhani kertoo olevansa töissä Suomalaisessa kirjakaupassa. Poikaystävä Simo on arkkitehti. Toinen isännistä pistää LP-levyn pyörimään.

"Tää on meidän vakiotesti uusille vieraille: Kuka säveltäjä?"

"Olisko Shostakovits?"

"Väärin. Saat vielä toisen yrityksen."

"Sibelius?"

"Jep!"

"OK, mut Mozartin jälkeiset sinfoniat ei nyt oikein nappaa. Löytyiskö jotain kevyempää?"

Juhanin vaihdettua levyä tunnelma muuttuu kodikkaammaksi. Sitten hän avaa valkkaripullon ja pyytää keittiön puolelle istumaan. Kirjoittamista harrastava isäntä toivoo kommentteja tuoreesta tekstistään. Timo lähtee harvoin jatkoille, ellei odotettavissa ole seksiseuraa. Kapakkaillan jälkeen sitä tahtoo yleensä vain kaatua sänkyyn. Urheasti Timo kuitenkin lukee muutaman liuskan.

"No, onhan toi hillosipulikulho herrasväen pöydässä ihan osuvasti kuvattu."

Simo käy yöpuulle ensimmäisenä. Timo ja Juhani juttelevat vielä jonkin aikaa, mutta sitten Timo alkaa haukotella.

Aamulla Timo herää isäntien välistä. Simon ilme on nyrpeä. Ilmeisesti yöunet ovat jääneet katkonaisiksi poikaystävän viihdytettyä vierasta vieressä pitkin yötä.

"Meillä on Juhanin kanssa sellanen sopimus..." Simo aloittaa.

Timo ymmärtää yskän puolikkaasta lauseesta ja hoitaa asian alta pois. Tuokio käsitöitä arkkitehdin alakerrassa ja tunnelma muuttuu huomattavasti leppoisammaksi.

Kuukauden kestänyt huopaaminen ja soutaminen saa riittää. Markun kiltti poikamainen olemus on osoittautunut harhaanjohtavaksi. Kateus ja mustasukkaisuus ovat tulleet esiin omituisina provokaatioina ja ihmisten manipulointina. Jos pasta ei ole al dente, niin Markun päivä on pilalla, ikään kuin maailmassa ei olisi suurempia ongelmia. Timo on sopinut treffit Wanhan Kellariin, jossa hän aikoo kertoa Markulle, että tapaamiset loppuvat tähän.

Edellisenä iltana Timo on soitellut treffilinjoille ja saanut puhelinnumeron mieheltä, joka on kuvaillut itsensä 30-vuotiaaksi valokuvamalliksi. Kerrottuaan asiansa Timo poistuu Markun seurasta, soittaa miehelle ravintolan seinäpuhelimesta ja lähtee kohti linja-autoasemaa. Aikansa pakkasessa värjöteltyään hän nousee bussiin. Määränpää on tuttu, sillä mies asuu samassa talossa kuin Timon äiti vielä muutama vuosi aiemmin. Perillä Soukassa oven avaa keski-ikäisen näköinen setä. Timo kääntyy kannoillaan takaisin bussipysäkille. Seuraavaa bussia Helsinkiin saa odottaa pitkään.

Kamppiin palattuaan Timo suuntaa Con Hombresiin. Rommitoti lämmittää mukavasti ja valkovenäläiset rauhoittavat. Kohta baariin astuu näpsäkän oloinen, hiukan slaavilaisen näköinen mies.

"Saanko tarjota?"

Parin tuopin jälkeen Timo lähtee Sergeiksi itsensä esitelleen kaverin mukana Arkadiankadulle. Reippaan ukrainalaisen seurassa hukkareissu Espooseen unohtuu helposti.

Bugatin ovet ovat sulkeutuneet. Iso-Roballa ravintoloista purkautuvat mattimyöhäset seisoskelevat seinänvierustoilla tai kuljeskelevat maleksien kohti uusia seikkailuja. Timoa vastaan kävelee keski-ikäinen mies salkku kädessään ja tuijottaa pitkään. Muutaman askeleen jälkeen Timo kääntyy ja huomaa miehen pysähtyneen.

"Mulla on asunto- ja opintolainan maksuerät ens viikolla. Sponssaatko?"

Mies seuraa perässä Johanneksenkirkon viereiseen puistikkoon. Koruton käsityötuokio on nopeasti ohi. Ojennettuaan satasen mies pyytää puhelinnumeroa.

Turkulainen liikemies vierailee myöhemmin Timon luona. Ensimmäinen piipahdus hoituu helposti. Illan hämärässä Timon ei tarvitse tehdä paljon muuta kuin maata passiivisena. Poistuessaan mies jättää pianon päälle 500 markkaa. Toinen kerta on keskellä päivää. Vaaleat paperikaihtimet eivät pimennä huonetta. Tilanne on raadollinen: Keski-ikäinen veltto vartalo ja huonosti istuvat alushousut näyttävät niin ankeilta, että Timon kasvoilta loistaa huonosti peitetty tympeys. Pienenä näpäytyksenä vieras jättää pianon päälle vain 400 markkaa.

Silmiinpistävän hyvännäköinen, Timoa päätä pidempi kaveri hakee tanssimaan vähän ennen valomerkkiä. On se epätoivoinen hetki, jolloin pitää päättää, jäädäkö lihatiskille vai livahtaako tiehensä. Timo jututtaa miestä DTM:n edustalla. Tämä vaikuttaa sympaattiselta ja lähtee mukaan jatkoille.

Matka Kallioon taittuu verkkaisesti. Käy ilmi, että kumpikin on ollut musiikkiluokalla samassa koulussa, joskin eri vuosina. Maailma on pieni.

Kaisaniemen ravintolan jälkeen pojat istahtavat Tokoinrannan penkille ihastelemaan kesäöistä maisemaa. Yöjunan kolistellessa ohi olo tuntuu turvalliselta toisen vieressä.

"Vielä pitäis jaksaa ylös Karhupuistoon!"

Timon luona väsymys alkaa painaa. Tekee mieli sänkyyn saman tien. Samettisen ihon hyväily piristää ja käsi hakeutuu kopeloimaan yövieraan alakertaa. Kassit istuvat sopivasti kouraan, mutta muuten saalis on laiha. Tarkemmin vilkaistessaan Timo huomaa, että kaverilla on kuusisenttinen seisokki.

Gradu hyväksytään pari viikkoa ennen 30-vuo-
tispäiviä, joita Timo lähtee viettämään Petrin
luokse Amsterdamiin, jossa tämä on opiskelija-
vaihdossa. Asunto sijaitsee rauhallisella alu-
eella, sieltä on lyhyt raitiovaunumatka keskus-
taan. Perillä Timo tonkii laukustaan esille Seu-
tulasta ostetun Finlandia Vodkan. Paikalla on
enemmänkin väkeä. Taitavat olla TAIKista vaih-
toon tulleita opiskelijoita, joista ainoastaan
Markku on ennestään tuttu. Illanistujaiset ujos-
tuttavat Timoa.

Illan vanhetessa vodkapullo tyhjenee kahteen
pekkaan. Yhden paikkeilla otetaan raitiovaunu
kaupungille. Kierros alkaa Reguliersdwarsstraa-
tin Aprilista ja Exitistä, josta siirrytään myö-
hemmin Roxyyn. Fernetin puutteessa oluen
kyytipojiksi kumotaan Jägereitä. Yllättäen baa-
ritiskille ilmestyy tuttu kasvo.

"No mitäs pojat!"

Helsinkiläinen Joni työskentelee nykyään tans-
sijana Amsterdamissa. Illan päätteeksi Joni
opastaa Timon ja Petrin Termos Night -sau-
naan.

Saunassa on rauhallista, mutta tarkkaileva ilmapiiri tekee levottomaksi. Timo ja Petri erkanevat cruisailemaan. Oleskelu porealtaassa ja höyrysaunassa tekee raukeaksi. Timo kiertelee koppien reunustamilla käytävillä. Ilmassa leijuu poppersin ja kiimaisen lihan haju. Läheltä kantautuu naimisen ääniä. Tarkistettuaan, että vyötärölle pyyhkeen alle laitetut kumit ja liukkarit ovat tallella, Timo pysähtyy. Hän on jo pari kertaa aiemmin ohittanut miehen ja seisahtuu nyt arvioitavaksi. Ranskalaisen näköinen hoikka nelikymppinen kaveri viittoo sisään.

Kielisuudelmia, kainaloiden nuoleskelua, rintojen näykkimistä, imuttelua, panot. Mies on kotoisin Australiasta. Hän on ammatiltaan teatteriohjaaja ja työmatkalla neuvottelemassa teatterinsa vierailusta Amsterdamiin. Hotellissa odottaa avoimeen suhteeseen sitoutunut puoliso.

Timo pulahtaa suihkun kautta porealtaaseen, jossa poreet pulppuilevat mukavasti kassien alta. Myös Petri ilmestyy paikalle. Kaverukset rupattelevat hetken ennen kuin päättävät käväistä vielä pimeässä huoneessa. Ilman sytkäriä näkyvyys on olematon. On edettävä seiniä tunnustelemalla ja vastaantulijoita kopeloimalla.

"Oh la laa!" joku huudahtaa vieressä. Joku, joka on ilmeisesti saanut otteen Petrin hyvin varustetusta parrusta.

Timo saapuu yöjalasta asunnolle puolenpäivän aikoihin. Petri ja Markku nukkuvat lattialle asetetuilla patjoilla. Kolmikko on edellisenä iltana ottanut taksin Warmoesstraatille Cock Ringiin, joka on tunnettu suurista pimeistä takatiloistaan. Hämärällä käytävällä seisoskelleen salskean kaverin valkoinen teepaita oli paljastanut mukavasti vyötärön muodot, ja Timo oli oitis innostunut käsitöihin. Groningenista työmatkalle tullut Jaap oli pyytänyt mukaansa hotellille, jossa aika oli vierähtänyt pitkälle aamupäivään. Yhdessä huitaistun Mäccäri-aamiaisen jälkeen Timo suuntasi takaisin asunnolle, jossa hän nukahtaa lattialle Petrin ja Markun viereen.

"No no, no no no no, no no no no, no no
there's no limit!"

Timo ja Petri hoilottavat 2 Unlimitedin hittiä as-
tuessaan raitiovaunuun. Ollaan matkalla baa-
riin kuudetta kertaa viikon sisällä. Takana on
viisi piipahdusta yösaunaan, jossa on parhaim-
millaan viihdytty aamu seitsemään saakka. Ilta-
päivisin on heräilty kolmen paikkeilla. Parina
päivänä Timo on ennättänyt kierrellä kaupun-
gilla. Alkaa jo hiukan väsyttää.

Exitin ja Gaietyn kautta ilta jatkuu taas Roxyyn,
jossa brittiläinen Marc flirttailee molemmille.
Väsynyt Petri lähtee nukkumaan ja jättää Ti-
mon kahden Marcin seuraan. Pojalla on asunto
käytettävissä jossain lähistöllä. Ensin pitää kui-
tenkin käydä hakemassa avain kaverilta. Loput-
tomalta tuntuvan kävelyn jälkeen saavutaan
huoneistoon, jossa sekalainen seurue katsoo
televisiota Sisko kultia. Tuttu valmiiksi naurettu
äänitapetti kajahtelee seinillä sillä aikaa kun
Marc neuvottelee avaimen lainaamisesta.

Marcin kanssa vietetty yö on vauhdikas. Poika-
maisen kokoinen ja oloinen britti on varsinai-
nen jakorasia. Aamulla Timo havahtuu siihen,

että terhakas panomies istahtaa ratsastamaan ilman kumia.

"I'm not wearing a condom!"

"Who cares!" huoleton ratsumies huudahtaa ja vatkaa paneutuneesti patukkaansa.

Asunnosta poistuttuaan Timo huomaa, että setelit farkun taskusta ovat kadonneet.

Viimeisenä Amsterdamin iltana Timo maistele punaviiniä Petrin ja kämppäkavereiden seurassa. Marisätkä kiertää ringissä. Ennen lähtöä pitäisi vielä lyhentää Petrin hiukset.

DTM:n edessä Annankadulla on isojako käynnissä. Kiirastorstai on kääntynyt pitkäperjantain puolelle. Timo ja Petri seisoskelevat kadulla jatkoseuraa vilkuillen, kun tumma rauhallisen oloinen mies tulee juttelemaan. Heikiksi esittäytyvä kaveri lähtee mukaan Temppelikadulle. Sohjossa kynnetty matka tuntuu pitkältä.

Keittiön pöydän ääressä tyhjenee pari viinipulloa. Petri väsähtää ensimmäisenä ja menee nukkumaan vaatteitaan riisumatta. Timo sinnittelee hereillä. Hän yrittää olla seurallinen ja tiedustelee vieraan aikeita. Tilanne ei kehity mihinkään suuntaan. Mies vain möllöttää ja virnistelee.

"Pitäisköhän mennä sänkyyn?"

Heikki ei tahdo ruveta nukkumaan. Timo on sitä mieltä, ettei tuntematonta vierasta voi jättää yksin valvomaan. Hän pyytää Heikkiä poistumaan.

"En mä lähe minnekään."

"Kyllä sut ulos täältä saadaan!" Timo puuskahtaa lähtiessään pöydästä kohti makuuhuonetta.

Heikki säntää perään ja kaataa Timon. Samalla Heikki polvistuu Timon päälle ja alkaa kuristaa tätä vasten lattiaa. Timon on säikähdyksen ja humalan vuoksi lamaantunut. Hän huutaa monta kertaa vieressä nukkuvan Petrin nimeä. Loputa Petri havahtuu hereille ja tönäisee Heikin pois Timon päältä.

Heikki ryntää huoneessa olevan työpöydän äärelle. Sängyn laidalla istuva Petri koettaa selvitä unenpöpperöstään. Timokin nousee istumaan, nieleskelemään ja tasaamaan hengitystään.

"Ulos täältä!"

Huudot kaikuvat kuuroille korville. Vieras käyttäytyy psykoottisesti. Työpöydällä on Petrin taitelijatarvikkeita, paperiveitsi, saksia, peitevärejä. Heikki alkaa heitellä tavaroita pitkin huonetta, avaa punaisen peiteväripullon ja ruiskuttaa nestettä ympäriinsä. Siinä sivussa sängyn päädyssä oleva televisio kaatuu lattialle.

"Ulos täältä!" Timo huutaa ties monennen kerran pyörittäessään hätänumeroa.

Maanisen näköinen Heikki naureskelee Timon kuvaillessa tilannetta hätäkeskuksen virkailijalle. Puhelun jälkeen lopullisesti herännyt Petri syöksyy Heikin päälle. Syntynyttä käsirysyä hyväksi käyttäen Timo tarttuu jakkaraan. Isku päähän saa Heikin vaipumaan lattialle. Tuupertuminen ei kuitenkaan kestä kauan. Ylös nousevan vieraan hullun ilme saa Timon pakenemaan rappukäytävään. Hän juoksee alas portaita takaa-ajajan kääntyessä takaisin huoneiston suuntaan.

Timo horjahtelee portaikkoa alas kaikki neljä kerrosta ja istahtaa nojaamaan vasten pohjakerroksen lämpöpatteria. Hetken kuluttua hän huomaa rappua lähestymässä olevan poliisipartion. Hän nousee ylös ja opastaa poliisit asunnolle.

Timo pesee yläkerran tanskalaisten oksennusroiskeita pois hotellihuoneen parvekkeen kaiteelta. Jukka kaataa lasilliset sherryä ja huokaisee tympääntyneesti. Ensimmäinen ilta ei vaikuta kovin lupaavalta. El Terrenon alue on rauhatonta hotelleineen ja baareineen, eikä siellä ole katseltavaa samalla tavalla kuin Palman keskustassa. Toisaalta lähistöllä on runsaasti gaybaareja.

Black Catissä on puoliltaöin tyhjää. Harrastettuaan vessassa käsitöitä ruutuhousuisen malagalaisen kanssa Timo palaa tiskille.

"Eiköhän vaihdeta paikkaa?"

Pitkin Jaon Miróa kävellessä vastaan tulee Yuppi Pub, johon pääsee sisään ovikelloa soittamalla. Intiimin kokoisessa baarissa on tiivis tunnelma. Hämärässä penkein varustetussa takahuoneessa pyörivät videot, ja halvat vodkadrinkit ovat runsaita. Lasissa on enemmän sitä itseään kuin tonicia.

Videohuoneessa viereen istahtava kaveri ei kauan aikaile ryhtyessään availemaan farkunnappeja. Timo siirtyy miehen perässä vessaan ja hetken touhuilun jälkeen matka jatkuu ulos kadulle. Ranta ei ole lähellä, joten miehet sujahtavat vastapäisen talon takapihalle. Kova asfalttialusta ei kännissä haittaa. Riisuttuaan farkkunsa Timo istahtaa miehen päälle. Liukkaria löytyy ruutupaidan taskusta, mutta farkkujen taskussa oleviin kumeihin käsi ei enää yllä. "Venäläistä rulettia!" Timo puuskahtaa ajatuksissaan antaessaan liukastetun espanjalaismeisselin sujahtaa sisäänsä. Intiimi tuokio jää lyhyeksi, kun joku heittää ikkunasta sangollisen vettä ratsastavan parivaljakon päälle.

El Terrenossa rannat eivät ole kävelymatkan päässä, mutta bussilla liikkuessa saa samalla hiukan kosketusta arkiseen paikalliskulttuuriin. Arenalin ranta on viihtyisä ja hiukan kauempana sijaitseva Santa Ponsa on ylellinen El Terrenon maisemien jälkeen. Palman kaupunkiin on mukava piipahtaa ostoksille, illalliselle tai terassille seuraamaan kaupungin menoa.

Viiden valvotun yön jälkeen Timo Ja Jukka eivät jaksa lähteä merta edemmäs kalaan. He lounastavat hotellin viereisessä kuppilassa ja tu-

tustuvat sen jälkeen lähellä sijaitsevaan saunaan. Paikka on iltapäivällä hiljainen. Höyrysaunasta poistuttuaan Timo seuraa nuorta kaveria, joka pujahtaa pimeään koppiin. Kurkistaessaan sisään Timo huomaa, ettei poika ole yksin. Vanhempi mies vieressä viittoo käymään sisään. Nuorukaisen polvistuessa antamaan poskihoitoa sponsorilleen tämä tarjoaa samalla terhakkaat pakaransa Timolle.

Viimeisenä iltana tarvitaan monta drinkkiä, jotta räjähtänyt olo asettuu taka-alalle. Jukka on kiristänyt Timon mustan liivin niin tiukalle kuin mahdollista. Alla oleva ruskettunut ylävartalo korostuu kivasti. Yuppi Pubista Timo päätyy lähiseudulla asuvan Javierin luokse. Nuori mies on innokas ratsastaja. On hauskaa katsella, kun ratsaille asettunut espanjalainen sinkauttaa lastinsa iloisesti ilmaan. Parin tunnin unien ja pikapanojen jälkeen Javier lähtee töihin ja Timo ottaa taksin hotellille.

Aamupäivä menee nukkuessa. Hotelli pitäisi luovuttaa klo 13:een mennessä, mutta Jukka ei ole palannut edellisyön riennoiltaan. Timo pakkaa molempien matkatavarat ja kiikuttaa ne alas hotellin respaan. Jukka ilmestyy paikalle tunnin myöhässä. Hän on yöpynyt toisella puolella saarta ja saanut viivästyneen autokyydin takaisin.

Maanantai alkaa jo valjeta Timon kulkiessa ylös Porthaninkatua. Taas kerran hän palaa yksin kotiin. Takana on viisi vuotta ilman suhdetta, kirjava kokoelma yhden illan juttuja, useita satiaisten häätöjä, krapulaisia työviikkoja. Takaraivossa jyskyttää tunne, että kaikki on koettu jo tarpeeksi monta kertaa. Mahtavatko peilikaapissa olevat 28 Imovanea ja 20 Diapamia riittää? Alkoholin ja Seronilin yhteisvaikutuksesta johtuen olo on tyyni. Tablettien nieleminen sujuu rauhallisesti ja nukkumaan on helppo käydä valvotun viikonlopun jälkeen.

Iltapäivällä klo 13 Timo havahtuu puhelimen pirinään.

"Miks mä oon vielä hengissä?"

Edellisillan puheista huolestunut Petri on soittanut Timon työpaikalle ja saanut kuulla, että tämä ei ole ilmestynyt töihin. Soitettuaan ambulanssin Petri saapuu paikalle. Timolla olo on kuin keinuvalla laivalla. Tilanne naurattaa.

Matkalla Hesperian polille Timolle syötetään hiilitabletteja. Ei jälki käteen pysty oikein muuta tekemään. Perillä päivystävä psykiatri kartoittaa olotilaa.

"Miks mä heräsin, eikö tabletteja ollu tarpeeks?"

"Siihen en ota kantaa. Sulla lienee vahva sydän."

Seuraavan yön Timo viettää Petrin luona. Jos vaikka orpo olo yllättää...

Timo ja Jukka istuvat suuren aukion terassilla nauttien helteessä huurustuvia jättituoppeja. Nyt ei olla ihailemassa Madridin museoita eikä Barcelonan arkkitehtuuria. Joku paikallinen lahjapakkaus viettää laatuaikaa puhelinkopissa etumustaan hieroen. Puhelinkoppeja on lähes joka kadunkulmassa ja niitä näkee harvoin tyhjillään. Espanjalaiset tuntuvat rakastavan pitkiä puheluita.

Kaksi viikkoa Torremolinoksen Nogalerassa sijaitsevien gayklubien parissa väsyttää sinnikästäkin valvojaa. Ensimmäisen kolmen päivän putken jälkeen Timo ja Jukka nukkuvat pitkän yön Imovanen avulla. Gayrannalla on leppoisaa oleskella aamupäivällä napatun Diapamin rauhoittaessa hermoja. Rantabaarin terassilla nautittu lounas tuoppeineen vaivuttaa horrokseen, jota aurinkovarjon alla loikoilu syventää entisestään. Illan suussa parvekkeella siemaillaan portviiniä ja kuunnellaan läheiseltä anniskelupaikalta kantautuvaa Hammond-jammailua. Samalla voi seurata, kuinka kolme teiniä uimapatjoineen kisailee hotellin uima-altaalla.

Jukan jumituttua Parthenonin takahuoneisiin touhuilemaan Timo jatkaa Mooniin. Elkeissä alkaa olla jo häivähdys ylikerroksilla käymistä. Tanssilattialla heitettyjen ukemien jälkeen Timo häipyy sivummalle tasoittamaan hengitystä. Vieressä seisoskeleva mies tervehtii ja riisuu katseellaan. Timo pyytää Jose-nimisen silmänilon jatkoille hotelliin.

Hotellissa Jukka on ennättänyt jo nukahtaa. Timo ja Jose nostavat patjan parvekkeelle antaakseen Jukan nukkua rauhassa. Jose on perheenisä, joka on viettämässä kaverinsa kanssa viikonloppua. Satunnaiset seikkailut miesten kanssa tuovat vaihtelua arkeen. Jose virnuilee huvittuneena, kun Timo ratsastussession päätteeksi laukaisee roiskeet parvekkeen seinään. Rapattuun pintaan jää läiskä.

Seuraavana iltana Jose noutaa autollaan Timon illalliselle. Galicialaisen keittiön kalakeitto on maittavaa, mutta krapulan kourissa siitä ei oikein pysty nauttimaan. Keskustelu on alkeellista: Jose ei juurikaan puhu englantia ja Timon ranskan ja espanjan taidot ovat rajalliset. Espanjalainen tahtoo esitellä vielä lähistöllä sijaitsevan lattaridiscon, jossa tämä innostuu pyörähtelemään näyttävän daamin seurassa. Cheo

Felicianon *Salí porque salín* rytmit korventavat sielua.

Miehet vuokraavat huoneen parin korttelin päässä olevasta pienestä hotellista. Yön tunnit ovat kiihkeitä ja uuvuttavia. Jose ilmaisee käsimerkein tahtovansa nähdä uudestaan, kuinka Timo ratsastaa ja linkoaa siemenensä reippaassa kaaressa.

Aamiaisen jälkeen Jose suuntaa kotiin kohti pohjoista. Timo palaa hotellilleen lepäilemään.

Ilta alkaa olla jo melkein taputeltu. Parthenonin kopissa ja Exitin vessassa harrastettu pikaseksi väsyttää. Sohon terassilla viereiseen pöytään istuutuu kuitenkin poikamainen namupala shortseissaan ja pikeepaidassaan. Timo vaihtaa paikkaa ja tervehtii. Miguel on 27-vuotias tenori. Hän asuu Madridissa, mutta on vierailulla vanhempiensa luona Malagassa, josta on lyhyt junamatka piipahtaa Torren yöhön. Espanjalainen puhuu ilahduttavan sujuvaa englantia. Yhteistä löytyy heti, kun molemmat toteavat pitävänsä Jan Garbarekin ja The Hilliard Ensemblen *Officiumista*. Miguelin hotellihuoneessa he rakastelevat pitkälle aamuun. Puolilta päivin espanjalainen lähtee takaisin Malagaan, mutta lupaa saapua illalla uudestaan Torreen.

Timo ja Miguel illastavat rannalla espanjalaisessa kalaravintolassa. Sen jälkeen he istuvat vielä hetken Sohon terassilla, ennen kuin poistuvat etsimään hotellihuonetta. Miguelin enkelimäiset kasvot ja poikamainen olemus tuovat Timolle mieleen hämmentävän välähdyksen Janista kymmenen vuoden takaa. Sängyssä Miguel nostaa Timon jalat olkapäilleen ja tuijottaa intensiivisesti silmiin.

Aamiaisella Miguel kirjoittaa lasinaluseen osoitteensa. Timo saattaa hänet Malagan junalle. Haikeisiin jäähyväisiin sekoittuu valvottujen öiden maustamaa pohjatonta tuskaa.

Timo ja Esko vaihtavat parhaillaan kuulumisia tiskin edessä, kun eteen tupsahtaa vaalea poika pyytäen tanssimaan. Se on harvinaista DTM:ssä, joka on kuin vahakabinetti poseeraavine seurapiireineen ja tanssilattian suuntaan apaattisesti tuijottavine tyrkkyineen. Timo tarttuu tilaisuuteen ja seuraa poikamaista söpöläistä tanssilattialle.

Matiksi esittäytyvä nuori mies lähtee Timon matkaan, vaikka saakin kuulla, että seuralaisella on seuraavana päivänä aikainen herätys. Aamulla Matti jää nukkumaan Timon lähtiessä töihin. Työpäivästä selvittyään Timo kuvittelee kaatuvansa suoraan sänkyyn. Yhden yön tuttavuudet yleensä häipyvät, useimmista ei kuulu myöhemmin mitään. Nyt sängystä kuitenkin löytyy seuraa.

"Annatko pyllyä, jos tilaan pizzat?"

"Jep."

Kurjan sään takia ei tee mieli lähteä ulos. Pizza maistuu vielä seuraavanakin päivänä. Aika seisoo, järki seisoo, vehkeet seisoo. Matti viihtyy kolme yötä peräkkäin. Sitten työt kutsuvat.

Timo kauhoo saunan padasta lisää vettä vatiin.

"Nyt alkaa olla sopivan lämpöstä, vai mitä? Mä pesen sun selän."

Matin vihdottu selkä punoittaa, sitä vasten vaaleat pakarat näyttävät terhakkailta. Timo keskittyy toimeen kiireettömästi. Puusaunan kostea lämpö on luonut ihanan raukean olon. Pesusieni tuoksuu ja valuttaa vaahtonsa alas pitkin ristiselkää. Pakaroiden kohdalla hankaus muuttuu hyväilyksi. Timo heittää sienen syrjään ja työntää saippuasta liukkaan keskisormensa pakaroiden väliin.

"Pestäänpäs sun pyllykin kunnolla!"

Vastalauseita ei kuulu. Etusormi liittyy keskisormen seuraksi. Liukkaita sormia on mukava työnnellä ja kierrellä saunapuhtaassa reiässä. Matilta pääsee huokaus.

"Odotas vähän", Timo tokaisee, ja rientää hakemaan liukkaria saunakamarista.

"Nojaa lauteisiin!

Timo puree Matin korvaa työntyessään hellästi pakaroiden väliin. Märistä vartaloista lähtee iloinen läiske, kun selkä ja vatsa litisevät toisiaan vasten. Timo astuu ja lypsää Mattia. Välillä hän puristelee Matin rintoja ja työntää kielensä korvaan. Pussailu vaatii vähän notkeutta. Timo tulee ensin, mutta pysyy sisällä ja hoitelee Matin loppuun saakka.

Helmikuun säät saattavat Kanarian saarillakin olla oikukkaat. Katutason Bungalowissa öiden viileys pistää nukkumaan päällysvaatteet päällä. Päivällä sää lämpenee sentään Suomen kesäkuisiin asteisiin. Matti ja Timo heräävät hyvissä ajoin ja pysähtyvät lähikauppaan ostamaan eväitä. He jäävät hetkeksi ihmettelemään Tiffany-yökerhon vitriiniin tällättyjä Dannyn, Jamppa Tuomisen, Beritin, Frederikin ja Kassi-Alman mainoksia. Yksi menopaikka ainakin pois laskuista, he naureskelevat edetessään kohti rantaa.

Rantakadulla matka jatkuu Maspalomasin suuntaan. RIU-hotellin kohdalta alkaa kätevä oikopolku dyynien halki kohti gayrantaa. Upottavaa hienojakoista hiekkaa pitkin kulkiessa päivän liikuntakiintiö täyttyy samalla. Matka dyynien poikki kestää parikymmentä minuuttia. Maisema on rauhallinen liikenteen jäädessä taakse. Ohikulkijoita on vähän, mutta satunnaisia cruisailjoita ja auringonpalvojia vilahtelee puskien lomassa. Joku innokas pari nai viltillä, eikä ole vaivautunut etsimään näkösuojaa sen kummemmin.

"Liitytäänkö seuraan", Timo virnuilee taputtaessaan Mattia pyllylle.

Matin ilmeestä päätellen patikointi saa jatkua.

Gayranta on nude, mutta puolet paikallaolijoista suosii uimahousuja. Rantabaarin wc on rikki. Kusella käydään sivummalla dyynien katveessa. Näin rakon tyhjentämisestäkin voi tehdä ohjelmanumeron, jos yleisöä toimitukselleen kaipaa. Evästuokio opettaa Timolle, että banaanin popsiminen seisten keskellä gayrantaa ei kannata, ellei varta vasten tahdo herättää huomiota ja imuttelua imitoivia eleitä ympärillään. Kansainvälistä katseltavaa riittää. Aurinko lämmittää ja rantaviiva houkuttelee kahlaamaan. Vesi on viileää, mutta rannalla kävely on mukavampaa kuin pelkkä löhöily päivävarjon alla. Samalla aineenvaihdunta vilkastuu ja sipsien sekä suolapähkinöiden ja oluen aiheuttama pöhötys tasoittuu. Aurinkoa palvovien miesten läsnäolo tekee levottomaksi. Paluumatkalla Timo teeskentelee näkevänsä jotain outoa ison pusikon lähettyvillä. Hän kaataa perässään seuraavan Matin pensaan taakse, riuhtoo shortsien napit auki ja ottaa patukan poskeen.

Autonvuokraus tuo vaihtelua Playa del Inglesin tylsille kaupunkinäkymille. Tulee nähtyä vehreämpiä maisemia. Luontodokumenttien ystävänä Matti tahtoo piipahtaa Palmitos Parkiin, jossa sattuu olemaan mukavan rauhallista. Rehevän kasvillisuuden seassa voi ihmetellä liskoja, flamingoja, pelikaaneja tai värikkäitä perhosia. Orkideat ja monet eksoottiset kaktukset kiinnostavat Timoa. Lähistöltä löytyy saksalainen vuoristohotelli, jonka terassilta aukeaa mukavat näkymät. Nautitun lounaan jälkeen kaksikko suuntaa vuokra-Twingolla ostoksille Las Palmasiin. Vanhakaupunki katedraaleineen on tunnelmaltaan aivan toista kuin Inglesin loppumattomat hotellikeskittymät. Kaupungista löytyy myös levykauppa, josta tarttuvat mukaan Chavela Vargasin ja Luz Casalin albumit. Ennen paluumatkaa virkistäydytään rantabulervardin kahvilassa.

Yksi Timon mielipuuhista on reilut päiväunet. Niiden ansiosta jaksaa pitkän illan matkan aamuun. Torkkujen jälkeen olotila on huoleton. Siinä on tiettyä välinpitämätöntä sekavuutta, jonka kampittamista ei parane kiirehtiä. On vain tyynesti annettava aikaa itselleen, tilaa olemisen sietämättömälle keveydelle. Kunnolla herättyään Matti ja Timo avaavat pullon punkkua, napostelevat hiukan juustoja ja kuuntelevat radiosta espanjankielistä musiikkikanavaa

Suihkun ja parin vodkapaukun jälkeen on aika lähteä illalliselle. Yumbon belgialaisen Dali's-ravintolan kattaukseen kuuluvat tyypilliset imelät liköörit aperitiiveina, mutta paikka on rauhallinen ja menu tavallista turistirysää tasokkaampi. Tunnelmallinen istuskelu venähtää. Sen jälkeen on lyhyt matka pujahtaa lähistön gaypaikkoihin. Pohjakerroksen pornokaupasta Timo löytää jo keräilyharvinaisuuksiksi muuttuneet Carlos- ja Billy-nuket. Putiikilla on ilmeisesti jäljellä vanhaa varastoerää. Matti jää istuskelemaan Peppermint-baariin sillä aikaa, kun Timo vie nuket hotellille.

Peppermintin jälkeen kierros jatkuu pitkin Yumboa. Fiction, Construction, Adonis, Mykonos, XL-bar sekä Mantrix tulevat tutuiksi. Baareissa volyymi on siedettävä, mutta parissa discossa kaipaisi korvatulppia. Juttelu ei onnistu edes korvaan huutamalla, joten on paras paeta ulos terassille istumaan. Mykonoksen terassilta näkyy sisään jättiscreenille, jolta Timo äkkää Diana Rossin tuoreen videon *Not Over Yet*. Hauskaa, että reippaasti yli viisikymppinen ikoni on levyttänyt raikkaan elektronisen dance-hitin. Tanssiminen jatkuu paikasta toiseen kursailemattomien vodkadrinkkien siivittämänä.

Aamuun venynyt baarikierros siirtää Puerto de Mogániin suunnitellun reissun päivällä eteenpäin. Matti ja Timo heräävät vasta klo 16. Piipahdus rantakadun pizzeriaan riittää tälle päivälle. Hotellilla ilta sujuu korttia pelaillen. Timo avaa television, jonka turvallinen tennisselostus kuulostaa kodikkaalta. Selostajan ääni käy unilääkkeestä parin viinilasillisen kera.

Puerto de Mogán kiinnostaa Mattia, koska siellä on sukellusvene. Bussimatkan päässä matkalaisia odottaa sympaattisen siisti ja elitistinen, hiukan Ranskan Rivieran henkinen satamakaupunki. Kolme varttia kestävä sukellusvenematka on kokemus sinänsä, vaikka näkymät veden alla eivät olekaan kummoiset. Ihastuttavan huvivenesataman rantakahvilassa vietetyt hetket kruunaavat koko Kanarianmatkan.

Matti tuijottaa formuloita Timon makaillessa pitkästyneenä alkovissa. Keskustelu yhteen muuttamisesta on taas kerran päättynyt ilman Matin toivomaa tulosta. Timo kaipaa omaa tilaa. Yhteisessä asunnossa pitäisi olla runsaasti neliöitä ja ne maksavat. Ensi huumassa nussittiin kuin kanit, mutta vähäseksinen suhde on alkanut vähitellen muistuttaa kaveruutta. Erot kulttuurihomon ja insinöörin välillä ovat alkaneet korostua. Yhteisessä asunnossa suhde olisi voinut venyä pidemmäksikin. Eropäätös syntyy helpommin, kun kummankaan ei tarvitse etsiä uutta asuntoa.

Lentokenttätaksin reitti kiertää pitkin poikin Manhattania. Bleecker Streetille saavutaan vasta puolentoista tunnin ajelun jälkeen. Perillä odottaa Marin ja Petrin kattama illallispöytä. Ateljee-tyylisen kaksion porraskaiteille on viritetty valomeri ja nauhurissa soi *Chet Baker Sings*. Väsyneellä matkalaisella olisi suuri kiusaus kaatua sohvalle nukkumaan, mutta isäntäväen tarjoamat Bloody Maryt ja aterian kanssa nautittu punaviini piristävät. Ystävykset lähtevät jatkamaan iltaa lähistöllä olevaan Monsteriin. Alakerran discon hälinä ei oikein nappaa, mutta pianobaarin tunnelmassa on mukava vaihtaa kuulumisia ja makustella ensi vaikutelmia kaupungista. Lopulta Timo pääsee nukkumaan neljältä oltuaan valveilla yhteen menoon 26 tuntia.

Myöhäinen iltapäiväkävely suuntautuu muutama viikko aiemmin tuhoutuneiden WTC-tornien raunioiden suuntaan. Alue on yhtä suurta raivaustyömaata. Lähelle ei pääse, joten matka jatkuu Battery Parkin kautta China Towniin ilastamaan. Takaisin Villagessa kolmikko ohittaa Hangar-baarin, jossa saa happy hour -tarjouksena kaikki drinkit 2 for 1 -hintaan. Muutamien

Gin & Tonicien jälkeen ilta jatkuu Monsterissa. Mari istuu kuin tatti pianon vieressä kuunnellen vaihtuvia standardeja, joita sekä pianisti että jotkut baarin asiakkaista esittävät. Timo ja Petri cruisailevat ympäriinsä ja liittyvät välillä taas Marin seuraan.

Petrin ja Marin lähtiessä yöpuulle Timo jää tyrkylle. Hän lähtee pienen turkkilaistaustaisen miehen matkaan. Taksissa Uptowniin Zeki-niminen kaveri kertoo asuneensa maassa seitsemän vuotta ja ajavansa työkseen taksia. Silti hän asuu edelleen yömajassa kymmenen neliön huoneessa. Työpöydällä on pieni keittolevy sekä kahvinkeitin. Vessa löytyy asuntolan käytävältä. Kolmen tunnin hyöriminen ja pyöriminen kapeassa sängyssä päättyy, kun Zeki nukahtaa ja Timo hiippailee ulos. Paha mieli yöseuralaisen kohtalosta hälvenee vähitellen kävelymatkalla kohti Villagea halki aamuaurinkoisen Manhattanin.

Piipahdettuaan Brooklynissa suurella kirpputorilla Mari, Petri ja Timo jonottavat Time Squarella lippuja Broadwaylle. Seuraavan päivän

Rent-musikaaliin löytyy paikkoja. Onnistuneiden lippuostosten jälkeen kolmikko ottaa taksin Works-drinkkibaariin, jossa Cosmokset ja Margaritat nostattavat pirskahtelevaa tunnelmaa. Tuntuisi olevan oikea hetki karaokelle. Jälleen yksi taksimatka ja ollaan Grazy Nanny'sissa. Carpenters, Abba ja Gloria Gaynor saavat kyytiä. "What the hell!" kajahtaa erään lepakon suusta, kun Timo vetää suomenkielisen version *Never Can Say Goodbye* -klassikosta. Monet laulajat kuulostavat ammattilaisilta.

Villageen palattaessa kolmikko piipahtaa vielä vilkaisemassa Bar D'orin puolen tunnin mittaisen Drag Shown, jonka jälkeen Mari ja Petri lähtevät asunnolle huilaamaan ja valmistamaan illallista. Timo tahtoo tutustua paikalliseen saunakulttuuriin ja ottaa taksin West Side Clubille. Asiakaskunnan taso on erilainen kuin Euroopassa. Nelikymppinen tavallinen tallaaja tuntee itsensä aika orvoksi viimeisen päälle trimmattujen vartaloiden joukossa. Monet näyttävät siltä, kuin olisivat mainoskatalogien sivuilta temmattuja. Villagen monikulttuurisesta kirjosta ei ole tietoakaan. Saunassa cruisailee ylempi valkoinen keskiluokka. Timo lopettaa kuljeskelun. Hän asettuu päivystämään hämärän kopin laverille ja jättää oven raolleen. Hetken kuluttua kopin eteen pysähtynyt kaveri astuu sisään ja moikkaa. Kolmekymppinen Sean on Irlannista ja innokas ratsastamaan. Puolituntinen kuluu hujauksessa.

Ennen musikaalia on aikaa kierrellä Central Parikissa ja piipahtaa Museum of Art and Designessa Guggenheim-museon ollessa suljettu. Rent menee Broadwaylla Nederlander Theatressa, joka on ilmeeltään sympaattisen vanhanaikainen. Helsinkiläisittäin mieleen tulee hiukan Aleksanterin teatteri. Esiintyjien korkea taso ei ole yllätys, mutta tekee vaikutuksen.

Esityksen jälkeen taksi vie kolmikon Chelsean megakokoiselle Splash dance -clubille. Paikka vilisee nuoria näyttävän näköisiä ilmestyksiä, ja adoniksen oloiset tarjoilivat liikkuvat pelkissä valkoisissa Calvin Klein -alushousuissa. Aika pian tulee ikävä Monsterin kotoista tunnelmaa, jossa ilta venyykin kuin itsestään. Mari ja Petri kotiutuvat aikaisemmin Timon viipyessä pilkkuun asti. Kapakan ulkopuolelta hän nappaa mukaansa nelikymppisen Michaelin. Tumma

170-senttinen mies osoittautuu mukavaksi seuraksi Bleecker Streetin sohvalla.

"Nauhgty boy!" komistus naurahtaa karheasti.

Kiitospäivänä Timo hyppää maanalaiseen ja jää pois keskikaupungilla. Rockefeller Center on jo jouluasussa. Luistelijoita seuratessa tuntuu kuin katsoisi elokuvaa. Myös Central Station on tunnelmallinen joulukoristeluineen. Radio City Music Hallin edustalla jonotetaan johonkin iltapäiväkonserttiin.

Takaisin Bleecker Streetillä odottavat kuumat munatotit. Illallinen rauhoittaa mukavasti valvottujen öiden koettelemia hermoja. Mari ja Petri nostavat läksiäismaljat ja hymyilevät monimielisesti vieraalleen.

Hercun seinää vasten nojailee sympaattisen näköinen mies. Muutaman vaihdetun katseen jälkeen Timo rohkaisee mielensä ja menee juttelemaan. Juttu luistaa ja hän kutsuu miehen luokseen kuvitellen iskeneensä taskukokoisen pantavan. Ossi paljastuu topiksi, mutta Timo mukautuu asetelmaan hiukan harmitellen.

"Siinä menee hyvä pylly ihan hukkaan."

Ossi osoittautuu varsinaiseksi panomieheksi.

"Yrität sä tehdä vaikutuksen, vai?" Timo lohkaisee huvittuneena pyörityksen keskellä.

Ensin Ossi ottaa hänet edestä päin jalat olkapäille nostettuna, vetää sitten käsistä päällensä ratsastamaan. Seuraavaksi hän alkaa lykkiä takaa päin ja istuttaa kohta taas päällensä. Hän lypsää ratsastavaa Timoa, kunnes huomaa mällien lentävän ylitsensä alkovin seinälle. Itsensä Ossi hoitelee hajareisin Timon päälle purkautuen.

"No joo, ihan fine."

Aamupäiväisen uusinnan jälkeen Ossi kertoo asuvansa Kuusamossa. Hänellä on yli viisitoista vuotta kestänyt suhde Ranskassa asuvan miehen kanssa. Ossi ja Timo sopivat tapaavansa vielä illalla, ennen kuin työmatkalla oleva muotoilija palaisi Kuusamoon.

Timo punnitsee mahdollista etäsuhdetta. Tapaamisset voisivat onnistua kerran kuussa tai kahdessa. Ranskalaista Ossi ei ennätä tavata kuin lomillaan. Timolla ei ole mitään muuta meneillään, joten hän päättää kääntää tämän kortin, vaikka etäsuhde ja mahdollinen kolmiodraama arveluttaa.

Kahden viikon päästä Ossi saapuu työasioissa Helsinkiin ja yöpyy Timon luona. Vaahtokylpyjä, samppanjaa, shoppailua, gaybaareja, kahviloita, näyttelyitä... Koillismaalla aktiviteetteja on niukemmin, joten Helsingissä pitää kiitää paikasta toiseen. Timoa menot ja vähiksi jäävät unet väsyttävät, mutta Ossin mielestä nukkua ennättää myöhemminkin. Esimakua mustasukkaisuudesta on ilmassa, kun Ossi kertoo lentävänsä viikon päästä Playa del Inglesiin ranskalaisen miehensä kanssa.

Työpäivän päätyttyä Timo ottaa taksin Seutulaan tavatakseen Kanarialta palaavan Ossin.

Vaihtoaikaa Kuusamon jatkolennolle on tunti. Istuskeltuaan hetken kotimaan terminaalin kahvilassa miehet laskeutuvat rullaportaita ala-aulaan ja pujahtavat invavessaan. Timo ottaa taskustaan kumin sekä liukkarin ja tiputtaa farkut nilkkoihin.

Ossi kaivaa lentolaukusta tuliaispullon ja heilauttaa vielä tervehdyksen noustessaan kotimaanterminaalin portaita.

Ossi on Timoa vastassa Kuusamon lentokentällä. Matka on sujunut nopeasti. Kotimaan lennolla kaikki on mutkattoman pienimuotoista. Ossin asunto henkii porvariston hillittyä charmia. Vesisänky on eilispäivää, mutta eihän kukaan ole täydellinen. Lasipöydälle on katettu valmiiksi lasit, lautasliinat ja lajitelma pikkuleipiä. Isännän poksauttaessa samppanjapullon auki Timo huomaa, että pikkuleivissä on suklaakuorrutus. Suklaa ja samppanja eivät kuulu yhteen. Timo pitää asian omana tietonaan, jotta hienosteleva tunnelma ei mene pilalle. Tärkeintä on, että tarjoilu pelaa.

Rukan laskettelurinteet eivät ole kaukana. Timo ei ennen matkaa ole kuvitellut päätyvänsä mäkeen, mutta hänet on helppo taivutella kokeilemaan. Yllättäen oikea tekniikka löytyy nopeasti loivilla sinisillä rinteillä. Seuraavana päivänä kokeillaan jo muutamaa punaistakin. Rinnebaareissakin tulee piipahdettua, mutta Ossi on pakannut reppuun myös karjalanpiirakoita ja munkkeja. Ulkosalla termospullosta kuksaan kaadettu höyryävä kaakao maistuu makealta. Ossi tahtoo astua Timon suksivuokraamon viereisessä vessassa. Vilkkaassa laskettelukeskuksessa toimitukseen liittyy oma jännityksensä.

Ossi tahtoo kuvata sessioita videokameralla. Hän on tehnyt sitä kuulemma ranskalaisenkin kanssa. Laite on mukana myös saunassa. Linssi ikuistaa yläviistosta polvillaan istuvan Timon, joka antaa Ossin kultaisen suihkun kastella itsensä. Uima-altaan reunalla Ossi yllyttää kelluvaa Timoa kohottamaan lanteitaan, jotta kameralle paljastuu enemmän katsottavaa. Saunan jälkeen Timo valitsee rauhallista musiikkia Ossin viritellessä kameraa alkovin eteen. Materiaalia kertyy toista tuntia. Estoja ei ole, kun kasvot rajataan pois kuvista. On outoa nähdä itsensä harrastamassa arkista seksiä, josta puuttuvat kaikki estetisoivat kuvakulmat. Materiaalia voi katsella myöhemmin, jos ikävä yllättää.

Elokuu on lopuillaan Kuusamossa. Mökillä Kitkajärven rannalla on rauhallista. Ossin ollessa töissä Timo liikkuu lähistön metsikössä. Näissä maisemissa ei ole vilskettä, toisin kuin Pienellä Karhunkierroksella. Sieniä on niukasti, vain muutama punikkitatti ja koivuhapero nousee koriin. Poroja lönköttelee siellä täällä. Timo yrittää pitää meteliä, ettei sattuisi yllättäen liian lähelle sarvekkaita. Mökkitontin reunalta löytyy valtavat mustikka-apajat, samoin läheisestä saaresta, johon miehet soutavat viikonloppuna. Hiljaisuus ja luonnon tuoksut herkistävät aistit ja libidon. Suopursujen keskelle levitetyt takit suojaavat parittelijoita kosteudelta.

Ossi on viettänyt viiden viikon pituisen kesälomansa Brestissä miehensä luona. Timon kanssa hän on parin vuoden aikana ennättänyt piipahtaa vain Tallinnassa ja Tukholmassa. Asetelma alkaa kypsyttää Timoa taas Turussa, jossa hän on työmatkalla olevan Ossin seurana. Tarkoitus on palata yhdessä Helsinkiin, kun Turun asemalla Ossi törmää kollegaansa:

"Nähdään sitten ensi kuussa Barcelonassa!"

Lausahdusta ei ole tarkoitettu Timon korville. Hän arvaa heti, että Barcelonaan suuntautuvalla työmatkalla Ossi tapaa myös ranskalaisen. Timoa ei ole kysytty matkaseuraksi, hänelle ei ole edes kerrottu koko matkasta. Junamatka Helsinkiin sujuu mykkäkoulun merkeissä.

Amsterdamista palatessaan Timo ei ota yhteyttä Ossiin, vaikka tietää tämän olevan Helsingissä. Matka vanhassa tutussa kaupungissa on selkiinnyttänyt ajatuksia. Timo kutsuu paluuiltana Petrin ja Jukan saunomaan. Vauhdikas ilta jatkuu Con Hombresissa, johon Ossikin yllättäen ilmaantuu. Timo ei taivu lirkutteluille, vaan häipyy yksin kotiin. Seuraavalla viikolla Ossi piipahtaa yllättäen kylään ja käy alkoviin makuulle sänkyä kutsuvasti taputellen.

"Eiköhän tää ollu tässä." Timo lausahtaa lakonisesti.

Sunnuntai-illat ovat kuolleita. Petri ja Timo ovat parantelemassa krapulaa. Eerikin pippurin mättöannosten ja Mannssin tuoppien jälkeen he ovat siirtyneet Roomiin Erottajalle. Iltaan haetaan nostetta absinteilla. Pian arvokkaat juomat kuluttavat käteisvarat loppuun. Pojat koukkaavat taksilla Oksasenkadulle hakemaan pankkikorttia. Kämpillä sekoitetaan mustikka-kossudrinkit ja kohennetaan ulkoasua. Tunnelman kohottamiseksi stereoiden nupit käännetään kaakkoon. Kun tukka on hyvin ja kaikki hyvin, jatketaan taksilla Herccuun.

Pari päivää myöhemmin Timon uusi seinänaapuri jättää huomautuksen postiluukusta:

"Kiitos ei yöbileitä! Mulla oli herätys viideltä toissa aamuna!"

Timo on jo tuttu naapurinsa kanssa. Hän tarttuu härkää sarvista ja soittaa nuoren stuertin ovikelloa.

"Sori, että herätettiin sut toissa yönä, ei tuu toistumaan. Voinks mä jotenkin hyvittää?"

"No jos sä..."

Lause jää kesken Timon astuessa sisään ja työntäessä hiljentyneen naapurin vasten seinää. Hetken kuluttua Timo kipaisee hakemassa liukkaria asunnostaan. Peuhaamisen jälkeen naapurisopu on palautunut.

Kuoroleirille mennään omilla autoilla. Timo ei saa ajoissa pyydettyä kyytiä keneltäkään. Lopulta hän kääntyy Villen puoleen, vaikka tietää kuoron seniorin taipumukset: Yleensä kuoroharjoitusten alussa suoritetaan äänenavaus, jonka aikana kuorolaiset laulavat ja kiertelevät pitkin salia tervehtien toisiaan kätellen. Villeä korventaa ilmeisesti kaipuu lähikontaktiin, sillä hän tervehtii yleensä halaamalla ja painautumalla toisia vasten ihan tappituntumaan saakka. Timo oli saanut tuta Villen lähentely-yritykset myös erään kuorokeikan jälkeen: Timo ja Pekka olivat päättäneet lähteä esiintymisen jälkeen baariin ja Ville oli tarjonnut heille autokyydin. Matkalla oli käyty Timon asunnossa, jotta hän oli saanut vaihdettua vaatteensa. Pekan piipahdettua vessaan oli Ville taputellut Timoa pyllylle ja huokaillut kaipaavansa ihokontaktia.

Lähtö käynnistyy leppoisissa tunnelmissa. Ville noutaa Timon kyytiinsä Töölöstä. Autosta astuu ulos hihattomaan teepaitaan ja 80-luvulta peräisin oleviin niukkoihin Adidas-shortseihin sonnustautunut seniori. Matka taittuu aurinkoisia maisemia ihaillessa. Ennen Inkoota pysähdytään tankkaamaan ja samalla käydään huoltoaseman kahvilassa lounaalla. Timo palaa autolle hiukan aiemmin kuin Ville, joka käy vielä ostamassa pari pulloa vettä. Villen saapuessa autolle Timo huomaa, että Adidas-shortsien lahkeesta on ilmeisesti koko ajan roikkunut lerssi reippaasti näkösällä. Timo huomauttaa asiasta, mutta Ville ei ole moksiskaan, vaan toteaa, ettei se ole niin nokon nuukaa. Inkoossa Ville tahtoo koukata näyttämässä kesäpaikkaansa ja suunnittelee, että paluumatkalla voitaisiin yöpyäkin siellä. "Älä unta nää!" Timo puuskahtaa mielessään.

Leirillä yövytään vanhan puukoulun kahdessa kerroksessa. Yläkerrassa nukutaan lattialla olevilla patjoilla tai makuupusseissa. Timoa lähimpänä nukkuvat Ville ja Tukholman gaykuorosta saapunut vieras. Ensimmäisen aamun alkajaisiksi Timo todistaa aitiopaikalta Villen ja tukholmalaisen vuoropuhelua. Ville esittelee patjalla istuen aamuseisokkiaan. Tukholmalaisen kysyessä aamupalasta Ville lohkaisee, että joku voisi ensin hoidella hänen jököttävän patukkansa.

Toisen leiripäivän ilta venyy pitkäksi. Timo roikkuu nuotion ääressä pikkutunneille saakka ja saa sovittua, että palaisi kotiin eri autokyydillä kuin saapuessaan. Seuraavana aamuna saadaan kuulla, että Ville on yöllä yrittänyt kömpiä väkisin Jyrkin makuupussiin. Levoton seniori on antanut leiritunnelmansa läikehtiä yli laidan. Aamupäivän harjoituksissa kuorolaiset asettuvat tuoleille suureen piiriin käydäkseen läpi päivän ohjelmaa. Bassoina Ville ja Timo istuvat vierekkäin. Timo kiinnittää pian huomiota itseään vastapäätä istuvien tenoreiden tirskahduksiin ja arvaa, että vieressä istuvan Villen shortsien lahkeesta kurkkiva lerssi on ottanut taas yleisönsä.

Kympin pysäkin kohdalta pääsee oikaisemaan 50-luvun tornitalon pihan poikki hiekkatielle. Elokuun ilta pimenee lämpimänä ja rauhallisena. Vastaantulijoita ei näy, lenkkeilijät ovat kierroksensa jo tehneet. Betonitornin jälkeen Timo kääntyy oikealle ja jatkaa kapeaa mustikanvarpujen reunustamaa polkua kohti kallioita. Eteneminen hämärässä ilman fikkaria olisi vaikeaa, ellei reitti olisi ennestään tuttu. Suurten kivien kohdalla Timo pysähtyy ja totuttelee pimeään. On hiljaista, vain yksittäinen seisoskelija näkyy siluettina ylhäällä kallioilla. Vieressä joku liikahtaa. Turjakkeen oloinen laahustaja siirtyy parin kolmen metrin päähän tuijottamaan. Timo jatkaa matkaa ylös kallioille nähdäkseen siellä olevan tyypin lähempää.

Kalliolle päästyään Timo kadottaa hahmon näköpiiristään. Muutaman metrin päässä jotkut harrastavat käsitöitä toisiinsa nojaten. Samassa Timo huomaa, että turjake on lähtenyt seuraamaan. Hän kiihdyttää vauhtia ja kiertää pohjoispuolelta takaisin suurten kivien luokse. Nyt paikalle on ilmestynyt joku muukin.

"Mennään nopeesti tonne, ettei toi yks hiihtäjä ennätä perään."

Kaksikko suuntaa hiekkatielle ja sen yli länsipuolen metsikköön. Hetken kuljettuaan he pysähtyvät suuren kiven viereen. Timo tarkastelee lähemmin seuralaistaan. Tämä on keski-ikäinen, mutta hyvässä kuosissa ja kasvoiltaan miellyttävän näköinen.

"Saaks sua panna?"

"Sori, mä oon top."

"Ei se mitää. Mä oon vers."

Farkunnappien avaamisen jälkeen aloitellaan käsitöillä. Kaverilla on kiva varustus. Timo kaivaa taskustaan kumin, pujottaa sen seuralaiselleen ja läträä tovin liukasteen kanssa. Housut putoavat nilkkoihin Timon nojautuessa kiveä vasten. Liukas ase alkaa työntyä pakaroiden väliin.

"Taas sitä mennään!"

Töölöntorin Alkon edessä odottaa poikamainen deitti farkkutakissaan. Jarmo on 165-senttinen puutarhuri Kirkkonummelta. Hän on syötävän söpönkokoinen, välitön ja sympaattinen oloinen. Sängyssä kemiat kohtaavat niin hyvin, että pessimismi nostaa päätään.

"Sä oot varattu, eikö niin?"

"Joo."

"Miks sä sit oot täällä?"

"Noku mies ei oo pannu mua puoleen vuoteen."

Taskukokoista Jarmoa on mukava kohdella kuin lelua. Hän pystyy antamaan pyllyä tauotta puoli tuntia tuosta vaan, ja puhuu seksin aikana hauskasti:

"Oih, siellä se on!"

Lausahdus kumpuaa pitkäaikaisesta patukan puutteesta. Kun tahtia hiukan kiihdyttää, Timo saa kuulla olevansa kulta! Ilo ja huumori ovat sängyssä tervetulleita seuralaisia. Lykittyään takaa päin Timo kääntää Jarmon kyljelleen. Timon lanteet jatkavat liikettään, kun hän vatkaa uikuttavan vieraansa siemenet lakanoille.

"Sä et tullu?"

"Huilataan hetki ja jatketaan kohta. Ei kai sulla oo kiire?"

Välillä levätään ja sitten jatketaan. Jarmo empii, jäädäkö yöksi vai ei. Saatuaan mielestään tarpeeksi hän lähtee suihkun kautta kotiin. Nelituntisen vierailun aikana vuorokausi on vaihtunut ja uusi viikko alkanut.

Jarmon vanha talo Kirkkonummella on idyllinen. Hehtaarin kokoinen tontti sijaitsee keskellä metsää. Vain yksi naapuritalo näkyy lähistöllä. Puutarhassa päärynäpuut, marjapensaat, kasvihuone, perennat ja pieni kanatarha rönsyilevät huolettomasti ilman säntillisesti parturoitua nurmikkoa. Jarmon puolison työmatkat antavat tilaa ja aikaa muiden tapaamisille.

Kolme kissaa häärii ympäriinsä kun Timo astuu sisälle. Lämpiävästä puusaunasta kantautuu tunnelmallinen rätinä. Isäntä tarttuu kiinni vyötäröstä ja puristelee pakaroita.

"Haluutko heti vai kohta!"

"Joo!"

Sauna vaatii vielä pari pesällistä, mutta aika kuluu nopeasti yläkerran vuodetta testatessa.

Saunasta on mukava viuhahtaa pihalle sateeseen vilvoittelemaan. Sisällä ropina kaikuu tunnelmallisesti katolla ja saunan kiuas sihahtaa juuri niin kuin pitääkin. Timo kaataa löylykauhaan veden joukkoon lorauksen olutta ja nuuhkii sitten kiukaalta nousevaa maltaan tuoksua. Tähän voisi tottua.

Intiimit tapaamiset alkavat mennä Jarmon ihon alle. Hän on pyrkinyt pitämään tunteet erillään seksistä, mutta kohtaamiset jättävät jälkensä. Kolmiodraama aiheuttaa morkkista. Hän ei tahdo riskeerata enempää pitkäaikaisen parisuhteensa kustannuksella.

Timon on aika aloittaa taas puhtaalta pöydältä.

Timo kulkee pitkin Loviisan Myllyharjua. On hiljaista. Vain eläköitynyt teatterilavastaja tulee vastaan koirineen ja pysähtyy vaihtamaan muutaman sanan.

"Konstiga vintrar, oudoiksi ovat talvet muuttuneet."

Täällä on hyvä hengittää, unohtaa ja unohtua. Timo laskeutuu alas rantaan, kävelee ohi idyllisten puutalojen ja kääntyy kotiin päin.

Riitasointuja

Musiikki yhdisti meidät, sillä musiikkiopisto lähetti minut hänen luokseen. Pääsykokeissa yhdeksänvuotiasta pidettiin kai liian vanhana aloittamaan opistossa. Niinpä minulle suositeltiin lähistöllä asuvaa pianopedagogia. Olin taaperosta lähtien tuntunut vetoa soittimiin.
Musta epävireinen antiikkipiano oli ehtymättömän kiinnostukseni kohde aina kun kävimme vierailulla isovanhempiemme luona. Erilaisissa kissanristiäisissä hakeuduin aina soittimen lähettyville, jos sellainen oli näköpiirissä. Kissanpolkan opin eräänä vappuna seurahuoneella, jossa ystäväni Perttu sen minulle opetti. Sinnikäs kilkatuksemme oli varmaan koettelemus kabinetissa lounastavalle herrasväelle. Toisaalta vappuna kaiken hälinän keskellä ihmiset ovat tavallista suurpiirteisempiä. Seurahuoneen vilkkaassa miljöössä oli hauska säntäillä paikasta toiseen ja kurkistella outoihinkin paikkoihin kiireisen henkilökunnan silmän välttäessä. Välillä palasimme taas pianon ääreen tapailemaan radiosta tuttujen melodioiden sävelkulkuja.

Päästyäni musiikkiluokalle sain pianon ja aloitin soittotunnit. Ensimmäinen kerta oli tietenkin jännittävä. Saavuttuani hiukan etuajassa sain odotella vuoroani eteishallin tuolilla. Minua ennen vuorossa olevan oppilaan soitto kantautui vaimeasti soittohuoneesta. Olohuoneeseen johtava ovi oli avoinna ja näin siellä suuren palmun vieressä hohtavan valkoisen flyygelin. Lasihyllykön päällä seisoi kipsinen Sibeliuksen pää. Pakistanilainen matto ja suuri kattokruunu alleviivasivat seesteisen porvarillista tunnelmaa. Hyräilin mielessäni isoäitini suosikkivalssia, Chopinin op. 64 no. 2 cis-molli, kun kuulin itseäni kutsuttavan.

Hän kätteli minua huoneeseen astuessani. Tummat puolipitkät hiukset kaartuivat runsaina hillitysti lainehtien. Mustassa pooloneuleessa ja vakosamettihousuissa hän vaikutti artistilta. Pyöreiden sarvisankalasien takana tuikkivat silmät katsoivat uteliaasti, mutta ystävällisesti. Askeettisen huoneen ikkunasta aukesi näkymä viereiseen puistoon. Pianon lisäksi kalusteina oli vain sohva, pieni pöytä ja kirjahylly, joka näytti olevan täynnä kirjoja ja nuotteja. Sohvan yläpuolella oli taulu, jossa oli mustavalkoinen valokuva pianistista soittimensa ääressä. Istuimme sohvalle. Hän kaatoi kuppeihin teetä ja kyseli harrastuksistani ja koulunkäynnistäni. Kerroin pitäväni musiikista ja laulamisesta. Hän nyökkäsi tyytyväisenä, kun mainitsin juuri aloittaneeni musiikkiluokalla. Koulumenestykseni perusteella hän uskoi, että ahkeruuteni palkittaisiin myös soittoharrastuksen parissa. Hän pyysi minua soittamaan jotain. Soittamani Kissanpolkan jälkeen hän hymähti huvittuneena ja pyysi minua seisomaan vierelleen istuutuessaan pianon ääreen. Sain laulaa itse valitsemani laulun säestyksen kera. Sen jälkeen minun piti laulaa perässä sävelkulkuja, joita hän vaatimustasoa vähitellen nostaen tapaili pianostaan.

Taitoni olivat kai riittävät, sillä tapaamisen päätteeksi hän kirjoitti ylös hankittavien nuottivihkojen nimet sekä vanhemmilleni tiedon pianotunneista kertyvän kuukausimaksun suuruudesta. Kävisin tunneilla kahdesti viikossa suoraan koulupäivän päätteeksi.

Sain tänään uuden lupaavan oppilaan. On kulunut pitkä aika siitä, kun Mikael siirtyi Sibelius-Akatemian nuoriso-osastolle. Tämä uusi poika on kaunis. Ruskeat silmät ja tuuheat tummat hiukset, jotka laskeutuvat runollisesti silmille. Joonatan on jo yhdeksänvuotias, mikä on aika myöhäinen ikä aloittaa alkeista, mutta nuorempana hän olisi päätynyt musiikkiopistoon, ja minä olisin jäänyt paitsi tätä kokemusta. Poika vaikuttaa hyvin kasvatetulta ja musikaaliselta. Aika näyttää, miten hän vastaa odotuksiini.

Olin niin innostunut soittamaan, etten malttanut pysyä vain läksyjeni parissa. Sain isoäidin vanhoja nuotteja. Niiden selaaminen ja teosten tapailu omin päin vei tuntikausia aikaa. Enemmänkin aikaa olisi mennyt, mutta oli armahdettava naapureita ja muuta perhettä. Isäni oli aikoinaan käynyt pianotunneilla pitkin hampain teini-ikään saakka. Kerran hän yllätti minut soittamalla ulkomuistista pätkän Minuuttivalssia, vaikkei ollut koskenut pianoon viiteentoista vuoteen. Varsinkin isän kotona ollessa pyrin välttämään pitkiä istuntoja soittimeni ääressä.

On oikeastaan aika erikoista, kuinka vähän kuuntelin klassista musiikkia lapsena. Ehkä oma päivittäinen soittoni riitti siltä saralta. Muistan inhonneeni viulunvingutusta. Innostuin jousimusiikista vasta paljon myöhemmin, kun kuulin radiosta Bachin kaksoisviulukonserton. Nuorempana kuuntelin samaa poppia ja iskelmää kuin useimmat ystäväni. Meillä oli tapana soittaa musiikkia ja selailla pornolehtiä taloyhtiön kellarissa. Sanavarastoni laajeni reippaasti kuunnellessani, kuinka vanhemmat pojat kommentoivat lehtien kuvamateriaalia. Tallensin c-kasetille musiikkia radiosta. Kahden valtakunnallisen radiokanavan tarjonnassa oli kyllä paljon toivomisen varaa. Erityisesti muistan turhauttavat päivystykset Lauantain toivottujen äärellä. Ohjelman sillisalaattimainen kirjo ei vedonnut nuoreen kuuntelijaan. Lopussa saattoi tulla pari popahtavaa kappaletta, mutta sitä ennen piti kärsiä kaiken maailman operettinumeroita. Yleisradion tärkeä tehtävä oli tuolloin koulia sivistymättömistä kuuntelijoista kunnon kansalaisia. Monet toimittajat vieroksuivat viihteellisyyttä.

Edistyin soittotunneilla nopeasti. Liiallinen pedaalin käyttö oli suurin paheeni. Se puuroutti sointia ja sai opettajani ajoittain muistuttamaan asiasta. Hän ei koskaan tiuskinut, vaan painoi kätensä kärsivällisesti olkapäilleni jäädessään taakseni seisomaan ja muistuttamaan milloin ranteideni asennosta, milloin jännittyneistä hartioistani. Hänellä oli myös hienovarainen tapa haroa hiukseni pois otsalta. Hän saattoi ihmetellä, kuinka näin lukea nuotit runsaiden hiusteni alta. Painoin hyväntahtoiset neuvot mieleeni, mutta otsatukkaani en ollut valmis lyhentämään. Lyhyet hiukset eivät yksinkertaisesti olleet ajankohtaiset siihen aikaan.

*Joonatan edistyy nopeasti. Hänen musikaali-
suutensa on poikkeuksellista, mutta teorian
opiskelussa hän on saamaton. Olen muistutta-
nut, että teoriapohjan on oltava vankka, jos ai-
koo myöhemmin jatkaa musiikin ammattiopin-
toihin. Myös pedaalin käytössä riittää harjoitel-
tavaa, mikä on melko tyypillistä tässä vai-
heessa, kun legato on vielä jonkin verran hako-
teillä. Poika on viehättävä, olen kuin kissa kuu-
malla katolla katsellessani hänen soittoaan.*

Ensimmäisessä oppilasmatineassani jännitin tolkuttomasti. Nautin soittaessani omin päin tai tuttujen kuunnellessa, mutta vieraille esiintyessä paine oli kova. Suurin pelko liittyi siihen, että muistivirheet pilaisivat suorituksen. Rameaun säveltämä pieni menuetti sujui ilman ongelmia, ja sain huokaista helpotuksesta.

Aiemmin opettajan luona soittamassani kenraaliharjoituksessa sattui kuitenkin hämmentävä välikohtaus. Soitin samaa kappaletta kerta toisensa jälkeen, kunnes esitykseni keskeytyi kuultuani takaa sohvalta voihkaisun. Keskeytin soiton ja käännyin ympäri vilkaistakseni, mistä oli kyse.

Ennätin nähdä, kuinka opettajani vetäisi kätensä pois avatuista housuistaan ja asetteli nopeasti neuleen helmaa housujensa päälle. Sitten hän nousi ylös ja pahoitteli poistuvansa hetkeksi. Takaisin tullessaan hän kiitteli suoritustani ja oli varma, että esitykseni tulisi onnistumaan mainiosti.

Syksyn oppilasmatinea onnistui mainiosti tänä vuonna. Joonatan ennätti myös mukaan. Rameaun pikku kappale oli haastava vasta-alkajalle, mutta sitkeän harjoittelun tuloksena esitys meni toivotulla tavalla. Kahdenkeskisissä kenraaliharjoituksissa mielenlujuuteni petti pidettyäni itseni kurissa koko pitkän syksyn. Pistin pojan soittamaan kappaletta useita kertoja peräkkäin ja avasin kuunnellessani vaivihkaa housuni. Kosketellessani itseäni olin varomaton ja voihkaisin. En tiedä, ymmärsikö Joonatan näkemäänsä kääntyessään katsomaan minua.

Koulun joulujuhlissa ei muuten ollut mitään hohtoa, mutta sain ostaa uudet farkut lukukauden lähestyessä loppuaan. Meidän oppilaiden välinen hierarkia muodostui hienovaraisista seikoista, joista vähäisin ei ollut pukeutuminen. Oli seurattava lehtien mainoksia sekä sitä, mitä merkkejä muotitietoisimmat luokkakaverit käyttivät. Olin edellisenä keväänä kiltteyttäni tyytynyt edullisiin James-farkkuihin, mistä sain kuulla piruilua moneen otteeseen. Vahingosta viisastuneena ostin seuraavaksi Mic Macin viininpunaiset samettifarkut, jotka sopivat hyvin yhteen mustan Lee Cooperin talvitakin kanssa. Sopivaa kaulaliinaa en löytänyt mistään, mutta isoäitini teki sellaisen minulle tuota pikaa. Siihen, kuten lapasiin ja pipoonkin, hän kutoi mustia ja viinipunaisia raitoja.

Soittotunnille saapuessani uudet sammarini eivät jääneet huomiotta. Olin jo asettunut pianon ääreen istumaan, kun opettajani pyysi minua nousemaan uudestaan ylös ja näyttämään, miltä takataskut näyttivät. Samalla hän lähestyi takaa päin laittaen kätensä housujeni etutaskuihin. Hän hyväili hiljaa reisiäni edeten vähitellen nivusiani kohti. Kohta tunsin kankaan läpi hänen kämmenensä elimelläni. Hän hieroi etumustani ja alkoi kiehnätä itseään selkääni vasten. Kopelointi kiihtyi samalla kun hän alkoi huokaillen työnnellä lantiotaan edestakaisin.

Menetin ajantajuni hämmennyksen keskellä, enkä tiedä kauanko tilanne jatkui. Havahduin siihen, kun hän nyyhkäisten vetäytyi irti minusta. Hän jätti minut hetkeksi yksin huoneeseen. Palattuaan hän kysyi vointiani ja todettuaan kaiken olevan kunnossa hän toivoi tapahtuneen pysyvän meidän välisenä asiana. Tarjoamaani kuukausimaksua hän ei ottanut vastaan. Sain pitää rahat itselläni.

Joulu alkaa olla lähellä. Kävin aamupäivällä ostamassa joulukortit ja soitin äidille sopiakseni pyhien aikatauluista. Törmäsin kaupungilla entiseen oppilaaseeni Sinikkaan, joka kertoi esiintyvänsä solistina kaupunginorkesterin konsertissa maaliskuussa. Lupasin mennä paikan päälle kuuntelemaan.

Joonatan saapui eilen soittotunnille pukeutuneena viinipunaisiin samettifarkkuihin, mikä sai mielenrauhani järkkymään. Poika oli tuskin ennättänyt asettua pianon ääreen, kun pyysin häntä nousemaan ylös ja näyttämään tarkemmin uusia housujaan. Katsoin hyvin istuvaa kokonaisuutta pala kurkussa ja nousin ylös sohvalta. Käänsin hänet selin itseäni vasten ja työnsin käteni etutaskuihin. Hän antoi hyväillä itseään, ja edettyäni nivusiin en enää pystynyt hillitsemään itseäni. Ilman ihokontaktia tulin lopulta housuihini. Poistuin huoneesta. Siistiydyin kylpyhuoneessa ja odotin, että olotilani tasaantuu.

Palattuani kohtasin sohvalle istuutuneen Joonatanin, joka vaikutti hämmentyneeltä. En ottanut vastaan hänen ojentamaansa kuukausimaksua. Poika sai pitää rahansa ja toivoin tapahtuneen säilyvän salaisuutenamme.

Joulu ja vuodenvaihde ovat aina hiljaisia. Oppilaat lomailevat, ja kaupungillakaan ei näy vilskettä perheiden pysytellessä omissa oloissaan tai viettäessä aikaa sukulaisten parissa. Vierailu äitini luona eteni totutusti. Kuuntelimme joulurauhan julistuksen, kävimme haudoilla ja katsoimme television joulukonsertit sekä sirkusesityksen joulupäivänä. Hiljaisina hetkinä selailin valokuvia ja ulkoilutin mäyräkoiraa vanhoilla tutuilla kulmilla. Vanhaksi on Väinökin jo varttunut, mutta jaksaa edelleen äksyillä itseään isommille. Näissä lapsuuden maisemissa liikkuessani vaivun niihin kiireettömiin joululoman aikoihin, jolloin sai nukkua myöhään. Ei tarvinnut välittää läksyistä ja pöydillä oli aina jotain herkullista suuhunpantavaa. Sai tovin hengähtää arjen rutiineista. Kurinalainen soittoharjoittelu ja nahistelut koulussa olivat tauolla. Sukulaisia tuli ja meni, ja uusissa joululahjoissa riitti ihasteltavaa.

Äänenmurroksen alkaessa kuvittelin ensin saaneeni flunssan. Tilanteen jatkuttua viikon verran minua kiusoitelleet luokan tytöt pistivät myöntämään, mistä oikeasti oli kysymys. Olin luokallamme ensimmäinen, joka tuon muutoksen sai kokea. Liikuntatunneilla huomasin vaivihkaa, että muilla ei ollut vielä karvoitusta alakerrassa. Häveliäisyyttäni leikkasin omani pois. Märistä yöllisistä heräämisistä tuli toistuvia, vaikka opin nopeasti helpottamaan oloani käsitöillä. Vähitellen puberteetista tuli arkipäivää.

Tuokiot kellarissa pornolehtien parissa alkoivat kiinnostaa entistä enemmän. Pojilla oli tapana yksi toisensa jälkeen liueta paikalta. Levottomien juttujen ja kiihottavien kuvien katselun jälkeen piti jossain vaiheessa päästä kotiin helpottamaan oloa. Kerran jäimme paikalle kahdestaan Jesperin kanssa. Huomasin, että hänenkin etumuksensa pullotti. Vilkaisin häntä silmiin ja hymähdin siirtäessäni katseeni alaspäin. Hän rykäisi hämillään ja arveli, että oli kai aika häipyä. En tahtonut tilaisuuden valuvan hukkaan, vaan aloin kopeloida häntä. Hieroin etumusta kämmenelläni ja tunnustelin kovettunutta elintä sormillani pehmeän kankaan läpi. Avasin Jesperin farkut ja vedin patukan esiin. Kuinka vangitsevaa olikaan tuijottaa toisen seisovaa kalua ja pitää sitä kädessään kuin omaansa. Tunnustelin varovaisesti kämmenelläni lepääviä kasseja ja kokeilin toisella kädellä, miltä karhea vaalea karvoitus tuntui sormissani. Kohta oma elimeni oli Jesperin kourassa. Hän osasi liikuttaa sitä juuri oikealla tavalla. Ei kestänyt kauan, kun kaksi kiimaista teinipoikaa hoiteli toisensa. Yhteinen käsityöhetki vavahdutti ja jätti jälkeensä tyhjän ja hämmentyneen olon.

Äänenmurrokseni herätti soitonopettajan uteliaisuuden. Hän tahtoi tietää, olivatko vanhempani puhuneet minulle murrosikään liittyvistä asioista. Tahdoin sivuuttaa aiheen nopeasti ja mainitsin lukeneeni lääkärikirjoja ja kuulleeni kavereilta. Kaivoin nuottivihot esiin repustani ja istuuduin pianon ääreen.

En ennättänyt päästä loppuun Bachin preludin kanssa, kun minut keskeytettiin. Opettaja vaikutti hiukan hermostuneelta puhutelleessaan minua. Hän pyysi seisomaan sohvan eteen ja katsoi minua arvioivasti. Hän avasi farkkuni, veti alushousuni alemmas ja katseli hennon karvoituksen ympäröimää elintäni. Kämmenet tunnustelivat pakaroitani ja sitten toinen käsi hyväili varovaisesti kassejani. Kaluni oli ennättänyt jo kovettua siinä vaiheessa, kun hän alkoi liikutella sitä edestakaisin tutkivan katseensa alla. Huulet sulkeutuivat sen ympärille. Kostea suu ja kieli saivat minut sävähtämään. Liukkaan suun monotonisena jatkuva liike pisti minut lopulta purkautumaan. Jäin yllättyneenä seisomaan paikalleni opettajan poistuessa huoneesta. Olin jo vetämässä vetoketjua kiinni, kun hän saapui takaisin paperinenäliinaa ojentaen.

Ensimmäisten lankeemusten jälkeen pystyin pitämään itseni aisoissa yli kaksi vuotta. Tyydyin siihen, että purin paineita vasta soittotuntien jälkeen. Toki sain muutaman kerran rahalla ja viinalla houkuteltua kaupungilta mukaani jonkun nuorukaisen. Kokemuksiin liittyi kuitenkin aina kiinnijäämisen uhka, eikä ollut miellyttävä ajatus törmätä mahdollisesti niistä yhteyksistä tuttuihin kasvoihin myöhemmin.

Kaikki muuttui eilen, kun Joonatan palasi joululomalta äänenmurroksen kourissa. Eläydyin voimakkaasti olotilaan, jonka vallassa tiesin nuoren mielen myllertävän. Lennokasta preludia kuunnellessani tunsin pohjatonta kaipuuta tunteisiin, joita itse olin kokenut tuossa iässä. Silmissäni välähtivät visiot intohimon kohteista, joita en aikoinaan tohtinut lähestyä. Keskeytin soiton, pyysin pojan seisomaan eteeni ja avasin hänen housunsa. Polvistuessani tiesin, että tuolta tieltä ei olisi paluuta. Joonatan purkautui suuhuni.

Soitonopettajani toivomuksesta aloin käydä tunneilla iltaisin viimeisenä oppilaana. Näin hänelle jäi aikaa touhuilleen ilman, että seuraavan oppilaan saapumista piti tarkkailla. Sain pitää soittotunneista kertyvät rahat itselläni ja opin pyytämään muitakin palveluksia. Opettaja osti minulle tupakkaa ja olutta. Arvostukseni kaveripiirissä nousi, kun minulla alkoi jatkuvasti olla savukkeita tarjolla. Osan uusista vaatteista ja äänilevyistä pidin piilossa kellarissa, jotta vanhempani eivät alkaneet ihmetellä. Äänitin ostamani levyt kaseteille voidakseni kuunnella niitä ikään kuin olisin kopioinut ne ystäviltäni.

Tupakointi vaati vaatteiden tuulettamista ja pastillien syömistä. Kiinni jäädessäni väitin, että vain kaverit polttivat, en minä. Juomiseni ja tupakointini olivat sitä paitsi melko vaatimatonta luokkaa verrattuna moniin muihin. Tyydyin siihen, että tarjosin muille ja käytin itse vain sen verran, että säilytin katu-uskottavuuteni.

*Joonatan on käynyt koko kevään soittotun-
neilla ilmaiseksi. Vanhemmiltaan saamansa ra-
hat hän on pitänyt itsellään. Sain siirrettyä soit-
totunnit päivän loppuun, jotta touhumme eivät
paljastuisi muille. Olen yrittänyt edetä varovai-
sesti. Lahjon häntä savukkeilla ja alkoholilla.
Soittoläksyissä en aio tinkiä. Pojan potentiaali
ei saa mennä hukkaan, ja vanhemmille on ol-
tava näyttöä edistymisestä. Kunpa asiat eteni-
sivät onnellisten tähtien alla. Kehittelen suunni-
telmia kesätauon varalle.*

Kesäloman lähestyessä soitonopettajani alkoi huolehtia edessä olevasta yli kahden kuukauden tauosta. Hän esitti suunnitelman, jonka puitteissa saapuisin viikon pituiselle soittoleirille hänen kesähuvilalleen. Näin voisimme harjoitella intensiivisesti kahden kesken ja viettää raikasta elämää luonnon keskellä. Vanhempani hyväksyivät tarjouksen mielellään kuullessaan, että ylläpito ei maksaisi mitään. Olisi vain hyvä, että minun tulisi tehtyä muutakin kuin vain vetelehdittyä kaupungilla. Itselläni oli omat epäilykseni viikon kulusta. Suostuin ehdotukseen, kun sain sovittua opettajani kanssa rahallisen korvauksen suuruudesta. Yksi viikko sinne tai tänne ei tuntunut miltään. Pitkä kouluton kesä tuntui siinä vaiheessa loppumattomalta.

Automatka losseineen kesti kauan. Pysähdyimme välillä vilvoittelemaan ja nauttimaan lounasta sekä virvokkeita. Opettaja ei malttanut mieltään perille saakka, vaan ajoi lopulta sivuun pienelle hiekkatielle. Jonkin ajan kuluttu seisahduimme. Hän pyysi istumaan syliinsä ja avasi housuni, sylki kouraansa ja tarttui kaluuni. Pian siemenet lensivät nopeusmittarille.

Aurinkoinen kesäviikko kului nopeasti. Huvilalta avautui huikeat näkymät merelle ja saaristoon. Kalastimme ja savustimme saaliiksi saamamme ahvenet. Keräämistämme korvasienistä valmistui herkullinen kermakastike grillaamiemme talouskyljysten seuraksi. Saunassa sain juoda olutta ja paistaa makkaraa kiukaan pesän hiilloksella. Merivesi oli jo lämmintä, ja uimaan pulahti mielellään ilman saunaakin. Pianotunteja pidimme yhden aamupäivisin ja toisen aina päivällisen jälkeen. Aikaa jäi hyvin myös kroketille ja tikanheitolle. Lähimpään naapuriin ei ollut näköyhteyttä, ilmassa väreili seisova sydänkesän tunnelma.

Ensimmäisenä aamuna heräsin siihen, kun erektioni ympärille painautuivat märät huulet. Unenpöpperöinen purkautuminen sai minut hetkeksi huojumaan unen ja toden rajamailla. Illalla saunassa hän otti minut. Löylyt, uimiset ja saunaoluet olivat tehneet olon raukeaksi. Pestyäni hiukset opettaja tarjoutui pesemään selkäni. Hän hyräili hiljaa jotain tuttua melodiaa hangatessaan ihoani vaahtoavalla sienellä. Tunsin hänen kovettuneen elimensä välillä hipaisevan pakaroitani. Hän otti kaluni saippuoituun kouraansa ja läträsi sen pystyyn. Tunsin toisen käden keskisormen tunkeutuvan takapuoleeni. Liukas sormi liikkui edestakaisin reiässäni ja sai sitten seurakseen toisenkin sormen. Äkkiä hän vetäisi sormensa ulos ja tarttui hyllykössä olevaan kosteusvoideputkiloon. Hän kehotti minua nojautumaan edessä oleviin lauteisiin. Hetken kuluttua liukastettu kalu alkoi työntyä sisääni. Toimitus tuli päätökseensä nopeasti, minkä jälkeen siemeneni lypsettiin saunan lattialle.

Nukuimme eri sängyissä, mutta saunakokemuksen jälkeen hän alkoi vierailla sängyssäni iltaisin ennen nukahtamistani. Asetuttuaan lusikka-asentoon taakseni hän tunkeutui sisääni ja tyydytti minut käsitöitä tehden. Vaivuin raukeaan uneen, jota säestivät ulkoa kantautuvat kesäöiset äänet.

Ehdotukseni soittoleiristä toteutui. Sain Joona-tanin vieraakseni kokonaiseksi viikoksi. Hiukan taivuttelua toki vaadittiin, ja rahaakin poika keksi pyytää. Kaikki sujui yli odotusten. Saimme soitettua paljon tavallisten mökkihommien lo-massa. Oli ihmeellistä nähdä poikaa päivästä toiseen. Sain lisäpotkua syksyn odotukseen.

En osoittanut itse aktiivisuutta mökillä vietetyn viikon aikana. Kaupunkiin palattuani olin kuitenkin kiinnostunut jakamaan kokemuksiani. Kokoonnuimme edelleen poikaporukalla kellarissa, mutta ehdotin Jesperille, että tapaisimme myös kahteen pekkaan meillä vanhempieni ollessa töissä. Tahdoin näyttää hänelle jotain erityistä ja pyysin ottamaan mukaan pari käsityölehteä.

Kuuntelimme musiikkia ja katselimme pornokuvia sängylläni istuskellen. Kiertelyn ja kaartelun jälkeen Jesper kysyi viimein lupaamani yllätyksen perään. Pyysin häntä asettumaan makuulle. Vedettyäni Jesperin housut polviin otin hänen kalunsa suuhuni. Pyrin jäljittelemään sitä kiireetöntä edestakaista liikettä, jonka olin itse kokenut herättyäni aamulla kaluni opettajan huulilla. Pysähdyin hetkeksi työntäessäni syljellä kostutetun keskisormeni ystäväni takapuoleen. Liikutin sormea reiässä samalla kun otin elimen uudestaan suuhuni. Jesperin äänekäs purkautuminen nauratti minua. Hetken kuluttua vaihdoimme osia.

Vanhempieni loma-ajan vietimme mökillä. Ainoana lapseni olin tottunut olemaan omissa oloissani. Kalastelin, ravustin, kävin sieni- ja marjametsällä. Saunoimme joka ilta. Järvivesi oli lämmintä ja uimapatjan kanssa lilluminen oli rentouttavaa. Luonnon keskellä teini-ikäisen libido laukkasi ylikierroksilla. Harrastin käsitöitä milloin missäkin: järvessä, veneessä, puuceessä, metsässä, Jussin seurassa.

Viereisessä kylässä asuva Jussi oli tullut tutuksi jo pari vuotta aiemmin, jolloin ravustimme yhdessä. Ravustuskauden aikana meillä oli tapana herätä aikaisin. Otimme mukaan eväät ja soudimme onkimaan vastapäisen rannan poukamaan. Pyydystämistämme salakoista ja särjistä saimme syötit mertoihin, joita kävimme kokemassa pitkin heinä-elokuun iltoja.

Molempien tultua murrosikään löysimme yhteisen sävelen käsitöiden parissa. Jussi oli rakentanut poukaman vieressä oleville kallioille majan. Hän vietti siellä usein aikaa kavereineen, joille pelikortit ja levottomat jutut tytöistä olivat tavallista ajanvietettä. Kerran kala-

reissun päätteeksi menimme majaan nautti-
maan eväitä. Jussi innostui kertomaan, mitä
kaikkea oli tehnyt tyttöjen kanssa. Näin liioitte-
lun läpi ja tiesin olevani itse kokeneempi niissä
asioissa. Naurahdin ja kehotin häntä näyttä-
mään, millaisin avuin varustettu kaveri vieres-
säni kerskailee. Jussin vedettyä shortsit alas
tein itse samoin ja totesin tahtovani vertailla
kalujemme juhlakuntoa. Siitä oli lyhyt askel yh-
teisiin käsitöihin. Nuo hetket toivat vaihtelua
samankaltaisina toistuviin sydänkesän päiviin.

Vanhempieni menehdyttyä auto-onnettomuudessa edessä oli useita sekavia viikkoja. Asuin aluksi jonkin aikaa tätini luona. Minulla oli vaikeuksia sopeutua talon tavoille. Tädilläni oli kolme alle kouluikäistä lasta, jotka saivat aikaan jatkuvan härdellin ympärillään. Lisäksi tätini mies oli tunkeileva minua kohtaan. Hän loi merkitseviä katseita ja yritti lähennellä, jos satuimme olemaan jossain kahden kesken. Taloyhtiön saunassa kävimme vain kerran kahdestaan. Poistuin paikalta, kun hän alkoi kosketella itseään lauteilla. Laistoin seuraavista saunailloista sepittämällä, että kuiva ihoni alkoi kutista saunan jälkeen. Jos hän olisi ollut miellyttävän näköinen, niin häntä olisi ehkä sietänyt hiukan paremmin. Hän yritti houkutella minua mukaan harrastuksiinsa ja autoretkillensä, mutta onnistuin vetoamaan omiin menoihini.

Soitonopettajani vaikutti huolestuneelta. En jaksanut keskittyä koulunkäyntiin enkä pianonsoittoon. Kerroin, etten viihtynyt sukulaisteni luona. Isovanhempani puolestaan asuivat pitkän matkan päässä toisella paikkakunnalla. Puolen vuoden kuluttua adoptioprosessi oli selvä ja muutin soitonopettajani luokse asumaan.

Syksy käynnistyi karmaisevalla tavalla, kun kuulin uutiset Joonatanin vanhempien auto-onnettomuudesta. Poika oli viikkoja poissaolevan oloinen asuessaan sukulaistensa luona. Olin pitkään epätietoinen tulevaisuuden suhteen. Joonatan ei tuntunut viihtyvän tätinsä luona, eikä soittokaan sujunut toivotulla tavalla. Myös koulussa oli joitain ongelmia, joista hän ei kuitenkaan tahtonut puhua. Yhtenä iltana heitin puoliksi leikilläni ilmaan ajatuksen siitä, että adoptoisin Joonatanin. Yllätyksekseni poika ei heti tyrmännytkään ideaa. Nyt asia on edennyt jo siihen vaiheeseen, että kaikki byrokratia on hoidettu ja odottelemme vain prosessin etenemistä omalla painollaan.

Saman katon alle muutettuani suhteeni tuoreeseen adoptioisääni Rubeniin muuttui entistä kiinteämmäksi. Piano mahtui omaan huoneeseeni, jossa saatoin rauhassa harjoitella silloin, kun hän opetti muita oppilaita. Tuolloin hän ei ennättänyt käydä vahtimassa ja kommentoimassa harjoitteluani. Yhteistä vuodetta en suostunut jakamaan, mutta säännöllisiin vierailuihin huoneessani sain tottua. Välillä siirryimme omasta aloitteestani hänen leveään parisänkyynsä, jotta asiat hoituisivat mutkattomammin.

Opin hinnoittelemaan itseni entistä paremmin. Nyt minun ei enää tarvinnut piilotella rahojani ja ostoksiani. Pystyin myös helposti venyttämään kotiintuloaikojani ja sain tulla ja mennä melko vapaasti.

Yhteinen arkemme teki Rubenista omistushaluisen. Hän nyhjäsi usein lähelläni ja keksi kalulleni typerryttäviä lempinimiä hipelöidessään ja lutkuttaessaan sitä jopa televisiota katsellessamme. Opin nopeasti, että minun kannatti hoidella hänet pian loppuun saakka, jos tahdoin olla omissa oloissani. Hetki käsitöitä tai suuhoitoa rauhoittivat hänet, ja sen jälkeen oli rauha maassa jonkin aikaa.

Uteliaisuus menojani ja kavereitani kohtaan oli rasittavaa. Hän pyrki kautta rantain selvittämään, oliko minulla seksuaalista kanssakäymistä muiden kanssa.

Oloni on epätodellinen Joonatanin muutettua luokseni. Ajoittain tunnen olevani kuin karkkikaupassa. Minulla on täysi työ hillitä itseäni, jotta en jatkuvasti tekisi itseäni tykö. Toki hänellä teini-ikäisenä on omat menonsa, ja saan olla kärsivällinen, etten mustankipeyttäni utele liikaa. On katsottava asioita sormien läpi, jotta poika pysyy tyytyväisenä. Rahankuluttamisessa hän on mestari.

Muutettuani Rubenin luokse tapailin edelleen Jesperiä, vaikka hän asuikin nyt eri puolella kaupunkia. Löydettyään tyttöystävän hän otti kuitenkin etäisyyttä minuun. Kävi selväksi, että emme enää tapaisi kahden kesken kellarissa. Olimme jatkossa osa suurempaa porukkaa, ja minunkin oli aika hankkia tyttöystävä katu-uskottavuuteni vuoksi. Tulimme Elinan kanssa hyvin juttuun ja vietimme paljon aikaa muiden kanssa ostarilla maleksien ja kirjaston tätejä kiusaten. Muutaman kerran Elina vieraili myös luonani, mutta Ruben ei antanut meille rauhaa, vaan teki tikusta asiaa päästäkseen kesken kaiken piipahtamaan huoneessani. Niinpä aloimme ilmestyä paikalle vain silloin, kun hänellä oli oppilaita. Muulloin tapasimme kahden kesken Elinan luona. Emme menneet kovin pitkälle intiimissä kanssakäymisessä. Pussailua lukuun ottamatta olin passiivinen. Saadessani suuhoitoa pidin silmät kiinni ja ajattelin Jesperiä. Niin toivottu lopputulos seurasi nopeammin.

Jouluna vierailin isovanhempieni luona. Junamatka vierähti nopeasti torkkuessa ja lumisia maisemia katsellessa. Poikkesin asemalla ostamassa hyasintin ennen kuin hyppäsin taksiin. Perillä minua odotti yllätys, sillä tätini perhe oli piipahtanut myös vierailulle. Muutettuani pois en ollut juuri ollut yhteydessä heihin muutamaa puhelua lukuun ottamatta. Kuuntelevaa yleisöä oli siis odotettua enemmän paikalla, kun esitin pianon ääressä, miten olin edistynyt sitten viime näkemän. Sibeliuksen Kuusen, parin Chopinin preludin ja joululaulujen jälkeen nautimme iltapäiväkahvit. Tätini mies vilkuili minua ja työnsi pöydän alla jalkansa haaroihini.

Pian olimme kuitenkin kolmistaan tätini perheen rientäessä viettämään aattoiltaa muualle. Hiljaisuus laskeutui ympärillemme. Isovanhempani eivät olleet hössöttävää tyyppiä. Illallisen jälkeen pelasimme kierroksen Monopolia, minkä jälkeen vetäydyin itsekin aikaisin vuoteeseen. Selailin lahjaksi saamaani Hessen romaania. Tuntui oudolta, kun Ruben ei ollut siinä käpälöimässä. Mitä hän mahtoi puuhailla? Oliko jäänyt yöksi ajettuaan katsomaan äitiään pohjoiseen?

Uudessa kotitalossani kerrosta alempana asui minua vuotta vanhempi poika. Hänet nähtyäni aistini valpastuivat. Törmättyämme muutaman kerran rapussa lähdimme eräänä päivänä samaa matkaa kaupungille. Kävimme selaamassa uutuuslevyjä ja katselemassa divarin sarjakuvahyllyjä. Jäätelöbaarissa käydyn jutustelun jälkeen sovimme, että tapaisimme pian uudestaan musiikinkuuntelun merkeissä.

Akseli kävi kitaratunneilla musiikkiopistossa ja vaikutti minuakin innostuneemmalta kaikista popmusiikkiin liittyvistä asioista. Hänessä oli hämmentävää eroottista vetovoimaa. Tummat puolipitkät hiukset olivat kuin Donny Osmondilla. Poikamaisten kasvojen hymykuopat tekivät minut levottomaksi. Muodikkaissa vaatteissaan hän näytti aivan poptähdeltä.

Akselin Ilmestyessä ensimmäistä kertaa eteiseemme Rubenin ilme oli paljon puhuva. Hän ei saanut katsettaan irti uudesta ystävästäni, joka täysin tietämättömänä tekemästään vaikutuksesta oli heti kuin kotonaan. Ruben jäi suustaan kiinni ja kaivoi esiin vieraastamme kaiken mahdollisen istuessamme olohuoneen sohvalla nauttimassa kaakaota ja pikkuleipiä.

Yritin välillä keskeyttää ja ehdottaa huoneeseeni siirtymistä, mutta ystäväni vastaili kiireettömän kohteliaasti Rubenin kysymyksiin. Päästyämme vihdoin huoneeseeni sovimme, että tapaisimme seuraavalla kerralla Akselin luona.

Sovimme Akselin kanssa samanlaisen järjestelyn kuin Elinankin kanssa. Näimme luonani vain iltapäivisin, jolloin Rubenilla kävi soitto-oppilaita. Muulloin vietimme aikaa Akselilla. Hän asui kaksin vuorotyötä tekevän äitinsä kanssa ja oli usein yksin kotona iltaisinkin. Hänen Salora-stereonsa saivat minut kalpenemaan kateudesta. Tiesin oitis, millä uudella ostoksella Ruben saisi seuraavaksi hyvitellä minua.

Olimme Akselin kanssa menossa katsomaan Hyvästi, Emmanuelle -elokuvaa. Elokuvateatterin lippukassalla työskentelevä Jesperin isoveli oli luvannut myydä meille liput, vaikka emme täyttäneetkään ikärajaa. Ennen elokuvaa kävimme katselemassa stereoita. Päätin vaatia itselleni Salorat tai Asat, sillä vanhoissa Fergusoneissani oli surkea vinyylisoitin. Akseli tahtoi saman tien käydä kadun toisella puolella ostamassa uudet farkut. Hän tuli ulos sovituskopista Lee Cooperit jalassaan ja kysyi mielipidettäni. En pystynyt välttämään katseeni valumista sepaluksen suuntaan. Pyysin vielä kääntymään ympäri nähdäkseni takataskujen tikkaukset. Hyvältähän ne näyttivät. Elinan kanssa samaa koulua käyvä Akseli tiesi, ketä tapailin. Hän kysäisi virnuillen, kuinka tosissani mahdoin olla Elinan kanssa, kun poikien takataskut kiinnostavat. Olin mukana leikissä ja kehuin ystäväni huumorintajua.

Uudet Lee Cooperit jäivät jalkaan, kun suuntasimme elokuvateatterille päin. Näytös ei ollut täynnä, joten jäimme tyhjälle takariville istumaan. Siellä saattoi huolettomasti rapisuttaa popcorneja ja sipsipusseja. Akseli nosti jalkansa rennosti edessä olevan tuolin selkänojalle ja hautautui syvälle istuimensa pohjalle. Hän oli nähnyt aiemmatkin Emmanuellet, joten tilanteeseen piti suhtautua maailmanmiehen elkein.

Odotin väliverhojen avautumista uteliaana kokeneen ystäväni vieressä. Itse elokuvasta ei ole jäänyt mieleeni mitään jälkipolville kerrottavaa. Reidelleni laskeutuvan käden muistan kuitenkin. Se pysyi paikallaan pitkältä tuntuvan ajan, enkä reagoinut eleeseen mitenkään. Käsi liukui

vähitellen farkkujeni pintaa pitkin kohti haaro-
jani, avasi vetoketjun ja kaivoi kaluni esille. Vil-
kaistessani sivulle näin, että myös ystäväni far-
kut olivat auki. Toisella kädellä hän hoiteli itse-
ään, toisella minua. Käsitöiden lopuksi hän ru-
tisti reittäni jämäkästi, kuin kaveruuden mer-
kiksi.

Joonatan on löytänyt uuden ystävän. Akseli on se komistus, joka asuu samassa rapussa kanssamme. Olen joskus noteerannut pojan häneen törmättyäni, mutta nähdessäni hänet yhtäkkiä eteisessämme olin kuin puulla päähän lyöty. Mikä parivaljakko he ovatkaan Joonatanin kanssa! Toinen on kiiltokuvapoika ja toinen kuin poppari. Joonatanin nihkeästä ilmeestä huolimatta pyysin pojat salonkiin kaakaolle. Akseli osaa käyttäytyä ja opiskelee kitaraa musiikkipistossa. Kauaa en saanut rupatella, kun Joonatan jo sulkeutui ystävänsä kanssa huoneeseensa. Teineillä on oma maailmansa, jonka ovet pysyvät minulta suljettuina.

Uudet Asa-stereot saatuani annoin periksi Rubenin vonkaamiselle. Hän oli jo useamman kerran vihjannut tahtovansa tulla pannuksi. Itse olin toivonut, että pääsisin siihen puuhaan Akselin kanssa. Olin kuitenkin oppinut, että Ruben kannatti pitää tyytyväisenä. Samalla sain itselleni enemmän liikkumatilaa. Pystyin tulemaan ja menemään halujeni mukaan. Olin edelleen onnistunut pitämään seksikokemukseni muiden kanssa omana tietonani.

Ruben haki muutaman solmion kattavasta kokoelmastaan. Hän tahtoi tulla sidotuksi käsistään ja jaloistaan. Olin yllättänyt siitä, kuinka nuorelta ja kiinteältä aikuisen miehen takapuoli saattoi näyttää. Sileää selkää ja hoikkaa vyötäröä oli vaikea uskoa 38-vuotiaalle kuuluviksi. Itse toimitusta suorittaessani ystäväni kasvot vilisivät mielessäni. Pidin silmät kiinni ja toivoin, että harjoittelu palkitaan jossain vaiheessa Akselin kanssa. Lauettuani Ruben kääntyi selälleen ja antautui lypsettäväksi. Hän vaikutti olevan jossain toisessa todellisuudessa.

Sain vihdoin Joonatanin luopumaan passiivisesta roolistaan. Se lysti maksoi uusien stereoiden verran. Hämmästyttävän miehekkäästi poika työntyi sisääni ja astui lihaani väsymättömällä viriliteetillä. Kokemus toi mieleeni parhaimmat hetkeni Mikaelin kanssa. En ollut kuvitellut koskaan enää kokevani sellaista.

Kävimme Akselin kanssa eri kouluja ja molempien soittoharrastukset vaativat oman panostuksensa. Vietimme kuitenkin paljon aikaa yhdessä. Saatuani uudet stereot hän kävi luonani entistä useammin. Emme ostaneet moniakaan samoja äänitteitä, vaan hyödynsimme sitä, että saatoimme kopioida levyjä toisiltamme. Akselin luona ei saanut polttaa, mutta minun huoneessa se onnistui. Siinäkin asiassa Ruben ymmärsi antaa periksi.

Elokuvakokemuksemme jälkeen tietty jännite Akselin ja minun välillä laukesi. Tyydytimme toisemme estottomasti. Siinä iässä libido tuntui olevan ehtymätön. Rubenista huolimatta jaksoin aina touhuta Akselin kanssa. Käsitöistä etenimme suuseksiin, ja lopulta sain suostuteltua hänet myös pantavaksi. Toki sain itsekin antautua panopuuksi, sillä ystäväni oli tarkka omasta roolistaan. Hän ei antanut unohtaa, että välillämme oli pelkkää seksiä ja paineen helpotusta. Hän katseli sillä silmällä vain tyttöjen perään.

Aavistin, että olisi vain ajan kysymys, koska touhumme paljastuisivat Rubenille. Olimme luottaneet siihen, että saatoimme soittotuntien aikana puuhastella ilman riskiä. Soiton kantautuessa korviimme tiesimme, että Ruben oli kiinni työssään. Eräänä iltapäivänä hänellä lienee kuitenkin ollut jotain tärkeää asiaa kesken opetuksensa, sillä hän avasi huoneeni oven lyhyen napakan koputuksen jälkeen ja yllätti meidät antamassa suuseksiä toisillemme. Hän kääntyi välittömästi kannoillaan pamauttaen oven kiinni perässään. Akseli nousi tyrmistyneenä sängystä ja sadatteli mitä tuleman pitäisi. Rauhoittelin häntä selittäen, että Ruben oli suurpiirteinen ja tuskin nostaisi asiasta meteliä. Enhän voinut paljastaa ystävälleni, että sattuneesta syystä Rubenilla ei ollut varaa moralisoinnille.

Läheltä piti -tilanne tapahtui kerran myös Akselin luona. Hänen äitinsä tuli kotiin yllättäen kesken iltavuoron juuri kun olin tyhjentämässä rakkoani alasti vessassa. Akseli sai houkuteltua äitinsä keittiöön, jossa hän ihmetteli tälle jääkaapin paksua jääkerrosta. Sillä aikaa hiippailin takaisin hänen huoneeseensa ja vedin vaatteet päälleni.

Paljastumisemme Rubenille ei aiheuttanut suurempaa ongelmaa. Mainitsin, ettei hänellä ollut varaa arvostella käytöstäni. Lisäksi korostin haluani olla tekemisissä ikätovereideni kanssa.

Lopulta hän järkeili, että enpä ainakaan panisi ketään paksuksi, kun puuhailin pojan kanssa.

On tapahtunut jotain odottamatonta. Muistin kesken Annelin soittotunnin, että Joonatanin täti oli aiemmin päivällä soittanut jonkin kiireellisen asian vuoksi ja pyytänyt soittamaan takaisin. Piipahdettuani kesken soittotunnin Joonatanin huoneeseen yllätin hänet antamassa suuseksiä Akselille. Käännyin saman tien pois ja palasin jatkamaan soittotuntia.

Pohdittuani tyrmistykseni syitä jouduin myöntämään, että olen mustasukkainen Joonatanille. Hän harrastaa seksiä komean ystävänsä kanssa, enkä minä pääse mitenkään osalliseksi. En voi sekaantua hänen suhteisiinsa ja ystäviinsä. Tärkeintä on, että minun ja Joonatanin väliset asiat pysyvät muilta salassa. On esitettävä suvaitsevaista poikien välisen seksin suhteen ja lakaistava maton alle kaikki mustankipeät tuntemukset. Millä muulla keinoin voisin kilpailla teinin kanssa, kuin olemalla avokätinen ja antamalla tarpeeksi liikkumatilaa?

Kesähuvilalla sattui huolestuttava tapaus. Iso-isäni menehtyi melko yllättäen ja puhelimen puuttuessa tätini mies lähti ajamaan luoksemme kertoakseen tapahtuneesta. Matkaa kertyi toistasataa kilometriä, eikä mies ollut aiemmin käynyt huvilalla, joten vierailu tuli meille täytenä yllätyksenä. Jostain syystä emme kuulleet lähestyvän auton ääntä. Liekö kiimainen ratsastuksemme syössyt meidät muihin maailmoihin? Joka tapauksessa tätini mies yllätti minut ja Rubenin kesken arkaluontoisen touhun. Hän rykäisi kiusaantuneena, kehotti pukeutumaan ja kertoi odottavansa kuistilla asiansa kanssa.

Saatuaan viestinsä toimitettua mies lähti paluumatkalle saman tien jäämättä setvimään näkemäänsä. Myöhemmin isoisäni muistotilaisuudessa hän otti asian esille seurattuaan minua vessaan. Hän tarjosi minulle kaksi vaihtoehtoa: Joko hän tekisi ilmoituksen viranomaisille tai saapuisin keskustelemaan asiasta kahden kesken myöhemmin sovitussa paikassa.

Tapasimme kahden viikon kuluttua hotellissa. Haistoin hengityksestä sukulaiseni humalan. Päästyämme hotellihuoneeseen hän kouraisi pakaroitani oven suljettuaan ja naurahti pilkallisesti ahdingolleni. Hän kertoi aina aavistaneensa millainen olin ja muistavansa, kuinka tekopyhästi olin vältellyt hänen lähentelyjään asuessani heillä vanhempieni kuoleman jälkeen. Oli hyvityksen aika. Tahdoin kai välttää sen, ettemme altistuisi Rubenin kanssa kiusalliselle julkisuudelle?

Sain venyä parhaimpaani. Miehen kalu ei ollut pienimmästä päästä, eikä hän käyttänyt sitä varoen kuten Ruben ja ystäväni. Astuttuaan minut kuin koiran hän istutti päällensä ja vatkasi kaluani vimmatusti. Lopuksi hän virtsasi päälleni.

Selvisin ilman traumoja. Tajusin, että olimme tasoissa. Sana sanaa vastaan ja paljastus paljastuksesta. Hän ei olisi itsekään suojassa, jos yrittäisi vielä kiristää minua.

Joonatanin tädin mies aiheuttaa ikävyyksiä. Hän saapui täysin odottamatta huvilalle ja yllätti meidät, kun poika ratsasti päälläni. Miten ihmeessä emme kuulleet lähestyvän auton ääntä? Mies ilmestyi kuin tyhjästä kertoakseen, että Joonatanin isoisä on menehtynyt. Onneksi hän lähti paluumatkalle saman tien, eikä jäänyt venyttämään kiusallista tilannetta. Hautajaisissa hän oli kuitenkin vetänyt Joonatanin sivuun ja saanut kiristämällä sovittua tapaamisen. Eivätkä vastoinkäymiset jääneet tähän, sillä tultuamme eilen ulos pizzeriasta törmäsimme Kalervoon. Se juonittelija on päässyt vapaaksi! Mies vilkaisi Joonatania päästä varpaisiin ja loi meihin kaikkitietävän katseensa. Yhteisen menneisyytemme vuoksi en voinut kieltäytyä kutsusta kylään vaihtamaan kuulumisia.

Nyt olemme siis molemmat panttivankeja Joonatanin kanssa. Pahantahtoiset lonkerot kiertyvät salakavalasti yhteiselomme ympärille.

Kävellessämme kaupungilla meitä vastaan tuli joku Rubenin vanha tuttava. Vaikutti siltä, että he eivät olleet nähneet pitkiin aikoihin. Mies antoi hiukan teatraalisesti poskisuudelman tervehtiessään. Minua hän tarkasteli kuin hyönteistä suurennuslasin alla, ja saatuaan kuulla minun olevan adoptoitu hänen ilmeensä oli paljonpuhuvan mairea. Hänestä oli aivan välttämätöntä tavata Ruben uudestaan ja vaihtaa kuulumisia ajan kanssa.

Tuon tapaamisen jälkeen mies vieraili luonamme. Ruben maanitteli minut olemaan paikalla, kun mies saapui vieraaksemme. Saisin kyllä korvauksen aikanaan. Mies saapui luoksemme tuomisinaan pullo portviiniä. Meidän laillamme hänkin vaikutti nauttineen rohkaisevia jo etukäteen. Viinilasillisten tyhjentyessä loihdin flyygelistä säveliä vieraamme iloksi. Hän oli romanttisen musiikin ystävä. Merikanto ja Liszt pitivät hänet hyvällä tuulella. Lopulta hän keskeytti soittoni äänekkäin aplodein. Hän tahtoi minun riisuutuvan ja soittavan itse valitsemani kappaleen.

Bachin Invention kuultuaan mies oli valmis siirtymään makuuhuoneeseen. Kohteliaan salonkileijonan tavat olivat tipotiessään, kun hän otti ohjat käsiinsä. Alkajaisiksi sain antaa hänelle suuseksiä Rubenin istuessa toimettomana sängyn reunalla. Sopivaan vireeseen päästyään vieras vaihtoi paikkaa. Minut aseteltiin kontalleen antamaan suuta Rubenille. Samalla vieraamme laskeutui taakseni polvilleen ja työntyi sisääni. Hän vaikutti tyytyväiseltä ja totesi intiimin hetkemme hyvittävän vanhat sattumukset. Lähtiessään hän tunnusti olevansa kateellinen. Rubenin kyllä kelpasi, mutta toisaalta aikuiseksi kaikki kasvaisivat ennemmin tai myöhemmin.

Kalervon vierailu oli kiusallinen. Mies ei ole muuttunut. Hän on aluksi kuin mikäkin herrasmies ja taiteentuntija, mutta nuoreen lihaan kiinni päästessään varsinainen irstailija.

Joonatanin tapaaminen tätinsä miehen kanssa ei sujunut yhtään paremmin. Jouduin lepyttelemään Joonatania pitkään ennen kuin hän suostui puhumaan minulle. Lopulta kireä tunnelma laukesi, kun lupasin kustantaa hänelle ja Akselille viikonloppuristeilyn Tukholmaan. Pojat saisivat jakaa hytin kahdestaan ja minä olisin yksin omassa hytissäni.

Ei niin paljon pahaa, ettei jotain hyvääkin! Kuunnellessani Joonatanin tarinaa hotellitapaamisesta höristin korviani, kun kuulin nöyryyttävän kokemuksen päätyneen virtsasuihkuun. Seuraavalla saunavuorollamme houkuttelin hänet juomaan olutta tavallista reippaammin, ja lopulta hän lorotteli kultaisen suihkun päälleni. Hajareisin seisoessaan ja virnuillessaan hän riisui minut täysin aseista. Varsinainen vesseli ja kullannuppu!

Vaihdoimme saunavuoromme perjantaista keskiviikkoon, koska perjantai-iltaisin tahdoin olla kaupungilla kavereiden kanssa. Teini-ikäisenä en tahtonut kuluttaa viikonloppuiltoja saunan lauteilla, kun muut viettivät laatuaikaa pussikaljoittelun merkeissä.

Meillä oli Rubenin kanssa tapana ottaa saunaan mukaan pari pulloa olutta. Kaadoimme löylykauhaan veden joukkoon pienen lorauksen olutta. Kiukaalle heitetystä kuupallisesta levisi mukava maltaan tuoksu. Joskus laitoimme kiukaalle folion sisään käärittyä makkaraa paistumaan. Välillä kärvensimme nakkeja ranskalaisten kanssa kotona uunissa. Lisukkeina oli ketsuppia, sinappia, HP-kastiketta ja kurkkusalaattia. Cokis maistui kyytipoikana olutta paremmin.

Kerrottuani hotellitapaamisesta tätini miehen kanssa Rubenin mieleen oli iskostunut ajatus kusileikeistä. Jatkossa hän yllytti juomaan olutta jo hyvissä ajoin ennen saunaa, jotta virtarakkoni olisi mahdollisimman täynnä. Löylyjen jälkeen hän asettui makuulle suihkuhuoneen lattialle. Kieltämättä aistin jonkinlaista riemunsekaista vallantunnetta tyhjentäessäni rakkoni itseään tyydyttävän Rubenin päälle.

Näiden iltojen päätteeksi saunapuhdas varta-
loni houkutteli hänet usein kielihommiin. Kier-
ros alkoi pakaroiden välistä. Sulkijalihasta kie-
lellä kutitellen sekä huulilla maiskutellen hän
sai minut hihittämään, ja saatoin kiusallani pie-
raista kesken kaiken. Käännettyään minut ym-
päri hän nuoli kainalot ja imeskeli varpaat. Kas-
sien ja kalun parissa läträämisen hän lopetti
vasta, kun oli saanut lastin nieluunsa.

Ruben tahtoi lähteä telttailemaan muutamaksi päiväksi. Hän ajatteli sen tuovan vaihtelua kesähuvilalla oleskeluun. Vastahakoisuuteni väistyi vasta, kun olin saanut tahtoni läpi ja myös Akseli liittyi matkaseuraksemme.

Lopulta reissu venyi kolmeen viikkoon. Monet kaupungit tuli nähtyä matkan varrella kuin liukuhihnalta. Leirintäalueet eivät paljon eronneet toisistaan. Makkaraa paistavia seurueita, vuokrattavia hirsimökkejä ja homeelle haisevia peseytymistiloja riitti. Lähes joka paikassa jossakin lähellä olevassa teltassa joku kesälomailun ja mallasjuomien innostama pari valvotti muita telttailijoita estottomalla rakkauselämällään.

En ollut ainoa, jolla oli uniongelmia lähistöltä kantautuvien äänien ristitulessa. Muutaman kerran hiippailimme Akselin kanssa ulos aamuyöstä Rubenin jäädessä nukkumaan. Haimme lähistöltä jonkin suojaisen pusikon, jossa saatoimme helpottaa paineita. Noissa hetkissä oli oma hohtonsa. Valo ja tuoksut ympärillämme terävöittivät aisteja ja saivat olon tuntumaan huolettomalta. Muistan vieläkin sen vihreän mönjän ja tuoksun, joka jäi sormiini, kun pyyhin reisiäni ja vatsaani pensaista irti revityillä lehdillä. Jäimme tupakalle, istuskelimme ja kuuntelimme hiljaisuutta.

Aamuiset rientomme eivät jääneet Rubenilta huomaamatta. Mustasukkaisena hän teki tikusta asiaa päästäkseen kanssani kahden kesken. Yksi jos toinenkin tarvike saattoi muuttua tarpeelliseksi, jotta saatoimme piipahtaa ostoksille Akselin jäädessä telttavahdiksi. Ostosreissujen varrella pysähdyimme johonkin syrjäisen hiekkatien reunaan. Maastosta riippuen touhusimme joko autossa tai metsässä. Ruben kertoi turhautuvansa katsellessaan toimettomana vierestä meidän poikien mutkatonta olemista. Naurahdin ajatukselle, että aikuinen ihminen ei osaa pitää itseään kurissa. Tuolloin minulla oli vielä yhtä sun toista opittavaa.

Vähitellen jonkinlainen tasapaino meidän kolmen kesken kuitenkin löytyi. Ohitimme matkan varrella nähtävyyksiä ja vaikuttavia maisemia Inaria myöten. Kärvistelimme mäkäräisten kanssa ja pakenimme hotelliin herättyämme aamulla rankkasateesta tulvivassa teltassa. Takaisin kotona Ruben oli kuin takiainen.

Enpä arvannut, minkälaiseen piinapenkkiin istuuduin lähtiessäni poikien kanssa telttailemaan. Vaihtuvat maisemat nähtävyyksineen olivat tervetullutta vaihtelua, mutta yöt olivat yhtä kärvistelyä. Vietin kolme viikkoa teltassa kahden teinipojan vieressä. Tukalia öitä siivittivät naapuriteltoista kantautuvat intiimielämän äänet, ja aamuöisin pojat livahtivat omille teilleen. Saatoin vain kuvitella, mitä he puuhasivat kesäöiden antaessa parastaan. Levotonta oloa hillitäkseni aloin keksiä tekosyitä päästäkseni asioille kahden kesken Joonatanin kanssa. Akselille ei tuottanut ongelmaa jäädä telttavahdiksi. Hänkin varmaan kaipasi välillä hengähdystaukoja. Vaiherikkaan matkamme jälkeen ahmin Joonatania kuin Simo hilloa.

Elina kyllästyi passiivisuuteeni ja jätti minut. Asia ei olisi muuten vaivannut minua, mutta pian paljastui, että Akseli ja Elina olivat päätyneet yhteen. Loukkaannuin, tunsin itseni ulkopuoliseksi ja hakeuduin tiiviimmin vanhan kellariporukan seuraan pitkästä aikaa.

Myös Jesperin seurustelu oli katkolla ja löysimme toisemme joksikin aikaa uudelleen. Autoin häntä matikassa ja sain patukkaa palkaksi. Hän oli päässyt panemisen makuun tyttöystävänsä kanssa ja tahtoi tehdä sitä myös minulle. Vonkasin pyllyä myös häneltä, mutta siinä hän pysyi ehdottomana. Mukauduin passiiviseen rooliini, olihan minulla työsarkaa Rubenissakin. Ei Jesper ollut taidoiltaan verrattavissa Rubeniin, mutta hänen jätkämäinen viriiliytensä oli kiihottavaa. Muiden seurassa ollessamme hän oli viileä, mutta kahden kesken kiimainen kuin kani. Jesperin viihtyminen seurassani herätti joissakin ihmetystä. Hänellä oli lätkä- ja korisharkkansa sekä asema porukan keskipisteenä. Itse olin hiljainen runopoika. Biseksuaalin Jesperin ei varmaan ollut helppo löytää seksiseuraa pelikavereistaan. Hän oli kuitenkin vaistonnut, että minä saattaisin olla vastaanottavainen.

Rippileiri ei kiinnostanut minua ollenkaan. Koulussa uskontotunnit olivat pakkopullaa ja todistukseni kiitettävien numeroiden joukossa uskonnon kutonen pisti silmään. En viitsinyt kuluttaa energiaa raamatullisiin tarinoihin, vaikka fantasiakirjallisuus kiinnostikin. Jesper sai kuitenkin ylipuhuttua minut.

Leirikeskus oli järven rannalla vanhassa koulurakennuksessa. Ryhmässä oli muutama tuttu samasta koulusta, joten asettuminen aloilleen sujui mutkattomasti. Isoset ja pastorit pyrkivät olemaan rentoja, mutta tietty hurskastelu pilkisteli tekemisen taustalla. Saunailtojen jälkeiset sosiodraamat ja leirinuotioistunnot vaikuttivat naiiveilta kaiken jo kokemani jälkeen. Parhaita hetkiä olivat öisin poikien tuvassa käydyt keskustelut. Kokemuksilla kerskuminen ja leirillä mukana olevien tyttöjen kommentoiminen saivat jotkut tupakavereista avautumaan yllättävän intiimisti.

Höristin korviani, kun joku sivusi kommentissaan toista pastoria. Puhuja oli kuullut isoveljeltään, että kyseisen miehen kanssa ei kannattanut jäädä kahden kesken saunaillan päätteeksi.

Olimme aiemmin päivällä saaneet tietää, että jokaisen tulisi opetella tietyt rukoukset ulkoa ennen leirin päättymistä. Päätin kokeilla kepillä jäätä. Jäin saunan jälkeen pukuhuoneeseen, jossa pastori oli siistiytymässä. Varmistettuani, ettei terassillakaan ollut ketään, palasin pukuhuoneeseen. Farkkuni polviin pudottaen kysyin, josko voisin jotenkin välttyä annetuilta ulkoläksyiltä. Hämmästynyt pastori käski vetää housut ylös ja kysyi, mitä ihmettä kuvittelin tekeväni. Ontuvan selitykseni jälkeen hän rauhoittui ja sanoi, että meidän olisi syytä puhua myöhemmin kahden kesken. Hän odottaisi minua huoneessaan illemmalla.

Jätin porukat tupaan levottomine juttuineen poistuessani tupakalle. Hiippailin käytävän toiseen päähän ja avasin pastorin oven hiljaa koputettuani. Hän näytti puhtoiselta ruudullisessa pyjamassaan. Matkaradiosta kantautui rinnakkaisohjelman klassiset yösävelet ja Raamattu oli auki yöpöydällä. Istuuduin pyynnöstä sängylle hänen viereensä. Laskettuaan kätensä harteilleni hän kertoi, kuinka pahoillaan hän oli paatuneisuudestani. Hän toivoi, että varttuessani löytäisin oman henkisen kotini. Hän ei tah-

tonut tuomita minua, vaan toivoi minulle kaik-
kea hyvää. Hän vaikutti vilpittömältä katsoes-
saan minua silmiin.

Työnsin käteni hänen jalkojensa väliin. Hän ei
vastustellut, kun puristelin kevyesti etumusta,
vaan kaatui sänkyyn. Vedin pyjamanhousuja
alas ja hipelöin kalun kovaksi. Otin sen suuhun
ja päästin voihkivan papin pahasta. Aikamerkin
mukaan vuorokausi oli vaihtumassa, kun nou-
sin vuoteesta ja poistuin takaisin poikien tu-
paan.

Yhdeksännen luokan keväällä venähdin pituutta. Aloin miehistyä ja olin jo Rubenin mittainen. Hän yllytti minua harjoittelemaan entistä enemmän tähtäimenä pääsykokeet musiikkilukioon ja konservatorioon. Kuulan Lampaanpolskaa ja Chopinin Vallankumousetydiä tuli hierottua kyllästymiseen asti, enkä juurikaan palannut noihin teoksiin tuon kevään jälkeen.

Pääsykokeet sujuivat hyvin, ja Ruben alkoi touhukkaasti suunnitella muuttoani pääkaupunkiin. Lieneekö poikamaisuuteni vähitellen haihtunut, sillä huomasin hänen intohimonsa hiipuneen. Hän keskittyi tulevaisuuteeni ja antoi minulle entistä enemmän tilaa. Kesällä asunnonhankintaan liittyvät muodollisuudet veivät hänen aikansa. Muuten hän oli poissaoleva, ja yllätin hänet usein melankoliaan vaipuneena. Ajoittain sain hänet piristymään, kun houkuttelin hänet tuttujen mökkeilyharrastustemme pariin. Yllättäen pyysimme hänen aloitteestaan myös Akselin mukaan huvilalle. Näennäisen keveyden hetkinäkin aistin kuitenkin, että yksi aikakausi oli päättymässä.

Kevät oli työntäyteinen ja huokui luopumisen tuskaa. On aika päästää irti Joonatanista, sillä hän on jo lähes aikuinen. Valmistelut musiikkilukion ja konservatorion pääsykokeisiin kävivät molempien hermoille, mutta olemme jo voiton puolella. Nyt kesän kuluessa pitäisi saada hänelle asunto pääkaupungista. Olen luvannut maksaa kaikki asumiseen liittyvät kulut. Tyhjä haikea olo valtaa minut vähitellen, vaikka ympärillä kesä on parhaimmillaan.

Viimeiset päivät ennen muuttoani olivat kaksijakoiset. Itse olin täynnä kuplivaa riemua ja uuden elämän odotusta. Ruben pyrki peittämään surumielisyytensä jatkuvaan touhuamiseen ja huolehtimiseen. Viimeisenä saunailtanamme hän juopui tavallista enemmän ja avautui tunteistaan. Hän muistutti ottamaan yhteyttä, jos rahat eivät riittäisi tai tulisi muita huolia. Hän toivoi valoa elämääni, että löytäisin oman tieni ja muistaisin häntä armollisesti. Muutosten myllertämässä mielessäni en ollut kypsä jäsentämään kaikkea kuulemaani. Tunsin ajelehtivani, enkä ymmärtänyt sitä vastuuta, jonka vapauden kääntöpuolena sain osakseni.

Joonatanin muuton jälkeen olen menettänyt otteeni arjesta. On vaikea täyttää sitä aukkoa, jonka hänen lähtönsä jätti. Kunpa olisin syntynyt johonkin katoliseen maahan ja kouluttautunut papiksi tai opettajaksi. Olisin osa yhteisöä, kenties jossain sisäoppilaitoksessa, jossa en kokisi tätä pohjatonta yksinäisyyttä. Vajoanko taas varjoihin? Päädynkö kiertelemään paikkoja, joissa nuoret viettävät aikaansa? Kauanko jaksan sitä kuluttavaa etsimistä, joka useimmiten päättyy pettymykseen?

Opiskeluun liittyvät uudet kuviot tempaisivat nopeasti mukaansa. Soitin Rubenille ehkä kerran kuukaudessa kertoakseni kuulumisista. Puhelut olivat lyhyitä, eikä hän juurikaan kertonut omista asioistaan. Emme tavanneet joulunakaan, jonka vietin isoäitini luona. Keväällä yhteydenpidot harvenivat entisestään, emmekä sitten enää ennättäneetkään tavata kasvotusten.

Olin vielä kesäkuun alussa miettinyt, että ehdottaisin vierailevani Rubenin huvilalla. Suunnitelmat pysähtyivät kuin seinään nähtyäni iltapäivälehden otsikon, jossa kerrottiin pianopedagogin kuolemasta. Tutkinnallisista syitä johtuen yksityiskohtia ei juurikaan tihkunut julkisuuteen. Niukkojen lehtitietojen pohjalta kävi ilmi, että Ruben oli joutunut teinipojan puukotuksen uhriksi.

Näin monen vuoden jälkeen Rubenin kuolemaan ajoittuva kesä hahmottuu mielessäni vain utuisina viikkoina, jotka valuivat ohi pakollisia toimia suorittaen. Perintöasiat ja viranomaisten yhteydenotot sekoittuivat järkytykseen ja hämmennykseen. Monilla eri tahoilla tuntui olevan huoli siitä, miten selviäisin itsenäisesti, vaikka olin asunut yksin jo lähes vuoden. Lopulta isoäitini asetettiin holhoojakseni kunnes tulin täysi-ikäiseksi. 18-vuotiaana sain haltuuni Rubenin perinnön, ja suoritettuani pianodiplomin ostin asunnon täältä merenrannalta. Tunnen olevani etuoikeutettu, joskin jokin tyhjyys sisintäni jäytää.

Mutta nyt ovikello soi! Mahtaakohan Kasper olla tulossa etuajassa soittotunnille?